註東坡先生詩

精選集

THE SCORCHED
EDITION OF

THE ANNOTATED DONGPO'S POETRY

目錄

精雅明淨，被譽為宋版書中之極品。

傳奇的祝祭 096

清乾隆年間，大書法家翁方綱購得此書，視為鎮宅之寶，將書齋名為「寶蘇齋」，得書的第三天正好是蘇東坡的生日，特別邀請了桂馥、伊秉綬、姚鼐、錢大昕等好友，焚香設宴拜祭東坡和此書。

傳奇的劫後「焦尾本」 120

清末此書歸袁思亮所有，後因袁氏的宅邸失火，火勢猛烈，情急之下他打算以身相殉，家人只得冒死將這套書救出。從此這部浴火重生、帶著燼餘痕跡的嘉定本，多了個「焦尾本」的雅稱。極品宋版書與火燒的枯跡相互映照，別有一種渾然天成的美感。

傳奇的題記、印章 132

明代至今，經過收藏家和文友們的品題鑑賞，歷代的名人印章，各卷前後「遍鈐印記，至無隙地」。書中名家留下的「印記」，朱色依舊鮮明，這些時間的刻痕，都是我們穿越時空，認識與閱讀經典的另一種方式。

附錄　十三位遞藏家小傳 161

一蓑煙雨任平生
——蘇東坡側寫，兼述二〇一二復刻《註東坡先生詩》

曠世奇才 顛沛一生

「莫聽穿林打葉聲，何妨吟嘯且徐行。竹杖芒鞋輕勝馬，誰怕？一蓑煙雨任平生。料峭春寒吹酒醒，微冷。山頭斜照卻相迎。回首向來蕭瑟處，歸去。也無風雨也無晴。」這是蘇軾於烏臺詩案發生後的次年（一〇八〇），在黃州沙湖道中遇雨時所填的一闋〈定風波〉。詞中很巧妙地利用「穿林打葉」的雨和「煙雨」二者——既指自然界風雨，也泛指政治上風雨的雙關語意，來抒寫他人生的感悟與體會。蘇軾認為所有的風風雨雨，總會過去成為煙雲，惟有蕭瑟的清涼平淡才是人生追求的真諦。這就是蘇軾東坡居士！這闋詞不但道出了當時的眼前景、心中事，也成了蘇軾人格修為、心靈境界的最佳寫照。

蘇軾（一〇三七～一一〇一），字子瞻，號東坡，四川眉山人。二十一歲中進士，不久名滿京華，聲震天下。宋神宗時，因反對王安石變法，屢遭貶黜。宋元豐二年（一〇七九），遭人誣陷，以「烏臺詩案」被捕入獄，謫貶黃州。哲宗時，舊黨主政，東坡被召為翰林學士。晚年新黨重掌權柄，東坡累以文字獲罪，先後貶英州、惠州、儋州，數年間經歷瘴癘之地，投荒海角天涯，備嚐流宦謫貶之苦。到了徽宗時，才大赦北還，未久病逝於常州。

蘇軾很早即以詩飲譽文壇，深獲一代文宗歐陽修的賞識。但「成也詩名，敗也詩名」，命運之神似未特別眷顧，後來更屢因詩名而遭不幸，甚至下獄，可知此言不虛。歸納起來，蘇軾的一生：從初試啼聲到名動天下，從二千石到階下囚，從囚徒生活到輾轉貶途，從江湖漂泊到位居廟堂，從繁華京城到投荒天涯，四十餘年為官生涯當中，有四分之三以上時間是在地方度過的，在朝時間不到十年，有三分之一的時間往來奔波於貶所。正如蘇軾自己所形容的「筋力疲於往，日月逝於道」。可以說他的一生，是經風歷雨深受顛沛之苦的一生。

但蘇東坡畢竟是蘇東坡，不但不曾被風雨橫逆擊倒，反而頂風搏浪巍然屹立。他始終以曠達的胸襟來面對人生，以豁達的氣度來面對橫逆，一生雖然屢遭謫貶，顛沛於人生旅程，困頓於官場宦海，無論在怎樣的困境中，他都善於運用自己的文藝才學和人格魅力，從苦難中解脫出來並超越它。正是這種豁達的人生情懷，才成就了中國古代文學史上才華橫溢、橫空出世的曠世奇才。九百年後的我們，展讀他的詩文辭章，仍感受到他曠達的胸襟、堅韌的品格和堅若磐石的感情，從詩文中也讓我們體會到他的人生智慧和人生啓示。

「時代不幸詩家幸」，似乎無奈地指出文學創作的一條規律，那就是詩文必須經歷苦難的淬煉、滄桑的磨洗，然後才能積累作品思想的深度與厚度。易言之，文學創作的內在意蘊，必須經由「文窮而後工」的重錘深鍛來加強它感動人心的力道。黃州四年謫貶的生活，使蘇軾的創作產生質的變化，迎來了蘇軾詩文創作的豐收期。文章由著重於政論、史論、哲理，轉向隨筆、小傳、題跋、書簡等「文學性散文」，內容簡短精約，筆法靈巧活潑，耐人尋思回味；詩歌由原先的富贍流麗、豐滿生動的風格，走向以清曠語言抒思出厚重的人生感慨，構思也更見縝密；經人生感慨的磨洗，也拓寬了蘇詞的道路，表現出詞的「詩化」趨向，從而使蘇詞呈現或豪邁雄放，或高曠灑脫，或婉約深情，或清新明淨的風格，超越人生的苦難，達到出神入化的境界。至於這時期所創作之「三詠赤壁」——〈前赤壁賦〉、〈後赤壁賦〉與〈念奴嬌．赤壁懷古〉詞，更是膾炙人口的蘇軾代表作，對後世文學史影響甚巨。黃州赤壁更是名滿天下，因與周瑜、曹操的戰場不是同一地方，被人稱之為「東坡赤壁」。

經風歷霜 瀟灑自如

蘇軾的一生，幾乎是在憂患失意的境遇中度過的。「心似已灰之木，身如不繫之舟。問汝平生功業：黃州、惠州、儋州。」這是蘇軾在去世前不久所作〈自題金山畫像〉詩，不無憤慨且簡括地道盡了他的全部人生。話雖如此，即使蘇軾對現實政治充滿了憤懣不平之心，但他仍然常保樂觀豪邁的精神、奮發進取的態度，創作不輟，且不時發出健朗黠慧的笑聲。之所以如此，這是由於東坡先生找到困境消解的方法，寄情於山水田園的樂趣、友朋詩酒的摯情、哲理禪機的妙悟、手足妻兒的溫馨，還有為了苦難生活的奔波請願等等，梭織成蘇軾色彩繽紛而又有意義的一生。這種瀟灑自如的生命態度和人生體驗，成了他作品的基調，也豐富了作品的生命。

當然，不是說蘇軾作品中沒有失落惘然，沒有悲涼愴恨；但更多的則是達觀和開闊、智慧和才情，還有不屈不撓的追求和探尋。蘇軾是走過生活的四季霜華，看過人生的起承轉合的詩人，故其寫詩為文自有一份深邃與寧靜的境界。在蘇詩中常交織著兩種相反相成的風格：入世抱負與超世情懷，積極進取與恬靜無為，憂鬱憤懣與曠達樂觀，施展懷抱的胸襟與放情山水的意趣。蘇詩之所以能觸動人心，是因為他寫作是真性情的流露，所謂「有諸內則形諸外」、「有觸於中而發於詠嘆」者是也。易言之，蘇軾詩文之所以達到以情動人的境界，是他真正做到「詩從肺腑出，出則感肺腑」的要求。

即使命運起起落落，人生充滿苦難困厄，但蘇軾始終能惕勵自警，修為自省，奮發不已，創作不息。顯然，蘇軾有感於「身與時舛」，故只能借助詩文辭章以抒發個人的懷抱、志趣與情感。「標心於萬古之上，而送懷於千載之下，志共道申」，也由於具有這種心志，使蘇軾在人生老邁的向晚時刻，能無憾地完成他人生的華麗轉身——其詩文及著述，成就了他一生圓熟、圓融、圓滿的人格。這種具備圓熟、圓融、圓滿的成熟，是一種明亮不刺眼的光輝，是一種圓潤不膩耳的音響，是一種勿須察顏觀色的從容，是一種不必申訴求告的大氣。或許這種圓熟的人格魅力，才是蘇軾留給後人最好的人生遺產，同時也為人生啓示留下了最佳的典範。

詩文超脫 內容閎富

由於蘇軾是一位全才的作家，兼擅各種體裁，四十餘年的創作生涯當中，留下了四千八百餘篇文章、二千七百餘首詩、三百四十餘首詞，數量之巨為北宋作家之冠，質量之優為宋代文學最高成就的代表。其中即以詩歌而論，體裁即包括了四言、五言、六言、七言、雜言、古體等。內容題材更為廣泛，以王十朋分類蘇詩為例，就分七十七類，其中雜賦九十五首，所屬題材尤為分散，難以歸類，因此實際涉及的題材將近百類。如將這百科全書似的內容加以歸納整理，大略可分為社會政治詩、山水田園詩、風土民情詩、詠物寓志詩、抒情述懷詩、詠史懷古詩、評書題畫詩、談禪說理詩、贈答酬唱詩等九大類。

蘇詩內容之繁複龐雜，主要是因為蘇軾是一位學識淵博、閱歷豐富、遊蹤廣闊、知交眾多的詩人。前人認為蘇軾「英才絕識，卓冠一世，平生斟酌經傳，貫穿子史，下至於小說、雜記，佛經、道書、古詩、方言，莫不畢究。故雖天地之造化，古今之興替，風俗之消長，與夫山川、草木、禽獸、鱗介、昆蟲之屬，亦皆洞其機而貫其妙，積而為胸中之文。」是以，其所為詩文必然是「援據閎博，旨趣深遠」。有鑑於此，非借助註釋之爬剔梳理，就難收蘇詩精髓佳妙處欣賞之效，至於探驪得珠更遑論矣。蘇詩中涉及典故、成語、地理、名物、山川風土等很多，自須借助註釋不為功。至於蘇詩中涉及之人物、掌故、朝政、時局等，更須翔實透徹的箋註，俾梳理事實真象，斯明詩人之旨；否則，難免讓人有「霧裡看花，終隔一層」之感。

蘇詩施註 命舛運乖

宋人本有為宋人詩集作註的傳統，這與蘇軾、黃庭堅「以才學為詩」的作風有關。宋任淵註黃山谷詩及陳後山詩、宋李壁註王荊公詩、宋胡註陳簡齋詩等，都說明了這一現象。至於宋人為蘇詩作註更倍蓰於此，據稱有近百家之多。當時刊行的註本，就有趙夔《註東坡詩集》、吳興沈氏註、漳州黃學皐補註、宋刊五家註、宋刊五註與十註合拼本、舊題王十朋註、施顧註、廖群玉瑩中註八種。今存註蘇詩有三種，其形式分別為集註、類註和編年註，代表了詩集的三種編纂方式。集註本為五註、十註合拼本《集註東坡詩前集》宋刻殘帙，今存四卷，不知纂輯人，據考刊於南宋高宗朝。類註本為《王狀元集百家註分類東坡先生詩》，舊題王十朋纂集，今存二十五卷，附《東坡紀年錄》一卷，南宋中葉問世。編年註本即《註東坡先生詩》，係著名的蘇詩註本，擬於其後詳述。

《註東坡先生詩》，施元之、顧禧合註，施宿補註並刊，凡四十二卷，另有《年譜》、《目錄》各一卷。前三十九卷為編年詩，第四十卷為不編年之翰林帖子及遺詩，最後兩卷為《和陶詩》。據推斷成書於孝宗淳熙年間，刊於寧宗嘉定六年（一二一三），即淮東倉司刊本。編排體例比類註本合理，有利於知人論世。註文「援引必著書名，詮詁不乖本事，又於註題之下，務闡詩旨，引事證詩，因詩存人，使讀者得以考見當日之情事。」施宿刊本傳世甚少，理宗景定三年（一二六二）有鄭羽在嘉定原版基礎上修補印行之補刊本。施顧註本今存有兩種版本：嘉定本，明毛晉原藏本三十卷，其後續有亡佚，現為國家圖書館收藏，存十九卷，書中有朱筆點校。景定補刊本，今有翁同龢家藏本三十二卷。以上兩部藏本皆為殘本，加上黃丕烈等遞藏之《和陶詩》二卷以及繆荃孫舊藏的四卷，是至今尚存有關施註蘇詩的四種版本。將前述四種殘本拼合起來，去其重複，共存三十六卷，恰為原書七分之六。目前拼合版本，雖仍為殘卷而非完帙，但已非常難能可貴，珍若連城。抑有進者，今國家圖書館所藏嘉定本雖是燼餘，但其中為景定本所無的四卷卻相當完整，真是文獻有靈，天地同珍。

本館所藏之嘉定本《註東坡先生詩》，其命運與東坡先生多舛的經歷也相彷若佛，它先後曾遭受蟲、霉、水、火諸劫，但卻歷劫不毀。國家圖書館之收藏版本，因係從灰焰中掇拾殘餘，經良工裱褙重裝，故稱「焦尾本」，或俗稱「火燒本」。

原貌復刻 經典重現

二〇一二年與大塊文化合作的《註東坡先生詩》復刻出版獲得極大迴響，我們認為該書的出版，其意義有三：其一、施顧蘇詩註係蘇詩之名註，內容體例頗為翔實完整。該本之價值，不僅在註文，尤其在於題註，一來有助於了解東坡詩之旨趣，二來所註多是有關當時的人物、掌故、朝政、時局，對於神宗、哲宗兩朝新舊黨爭也有持平的看法，故頗具史料之價值。其二、施顧註本流傳不廣，故清初以來，通行本乃康熙時邵長蘅等人據殘本刪補之刪補本，但邵本任意刪削竄亂，已失施氏原來面目。我們將宋刊原本復刻出版，應有助於還施顧註本來面目。其三、有關善本書之復刻普及問題。善本書稱得上文獻的「國之重寶」，自然應善加保存細心維護，但另方面也應思考它的流通和普及問題。其實，有關古籍之復刻和普及，一直是本館施政的重要目標之一。二〇一二年，我們將古籍善本從秘閣重庫中解放出來，復刻了《註東坡先生詩》，一來表示我們對一代文化巨人、文學巨擘蘇東坡的崇仰之心，孺慕之情；二來也可藉古籍復刻出版之便，讓經典面向大眾，並走向大眾，俾為中華古籍善本之普及，竭盡些許綿薄之力。

曾淑賢
國家圖書館館長

《註東坡先生詩》出版序言

乾隆三十八年十二月十七日，翁方綱在北京以十六金買到宋刻《註東坡先生詩》，雖是不全之本，翁方綱卻極高興，因為他知自己所得實乃稀世秘笈。翁方綱酷愛東坡，在得到此書之前已有東坡手書《嵩陽帖》，此書到來令其更加興奮，特意將自己的堂號命名為「寶蘇齋」，以紀念得書之喜。《複初齋文集》中〈寶蘇室研銘記〉曾記此事：「予年十九，日誦《漢書》一千字，明海鹽陳文學輯本也。文學號蘇庵，則願以蘇齋名書室，竊附私淑前賢之意。戊子冬得蘇書《嵩陽帖》，癸巳冬得《蘇詩》施顧註宋槧殘本，益發奮自勗蘇學，始以寶蘇名室。」

刊刻及遞藏

蘇東坡詩文素為大眾所喜，其人格魅力亦令人折服，其作在當世就已經成為人們爭相傳誦之篇，然而其詩因涉及的人、事、典故及當時的朝政時局等太多，故東坡詩素有「非註不明」之説。註本蘇詩在宋代就已出現多部，流傳至今的卻僅兩部，一部為宋代書賈偽託王十朋之名所註的《王狀元集註東坡先生詩》二十五卷；另一部為南宋施元之、施宿父子及顧禧所註的《註東坡先生詩》四十二卷，因施、顧皆為南宋中葉時期的人，去東坡未遠，所以施、顧所註不僅能令讀者更深切地瞭解東坡詩篇，同時也能將其註作為史料來讀。詩註之外，施宿另編有東坡年譜一卷附於詩註之前，有助於讀者更深入的瞭解東坡及其詩篇。由於此書刊刻於當時的泰州常平鹽茶司，以公費付梓，資金充裕，所聘請的寫、刻、印者皆良工，故該書精雅整秀，明淨端正，堪稱宋槧之殊絕者，令歷代得者寶之。

該書首刻於嘉定五年、六年之間，施宿刻成此書之後不久去職，書版存於淮東倉司五十年，直到景定三年鄭羽到泰州任職，見到部分書版已經模糊不清，於是招集工匠將毀壞的書版或修補或重刻，然後再次刷印，後人稱此次修補刷印者為景定補修本。鄭羽補修之後又十餘年，元兵入侵，淮東淪為戰場，不久宋亡，書版遂不可問。

然而《註東坡先生詩》雖然經歷兩次刊刻，流傳卻極稀見，整個元、明兩代皆未見著錄，直到清初始有殘本流傳。絳雲樓書目雖曾記載有足本，然庚寅一炬，是書是否毀於其中，已無從考查。如今在各家著錄中可見者，有毛晉汲古閣藏嘉定殘本、徐乾學傳是樓藏殘本、怡親王府安樂堂藏足本、馬曰琯小玲瓏山館藏半部、鮑廷博知不足齋藏半部、馮敏昌藏足本、陸費墀藏景定足本、黃丕烈士禮居藏殘本、楊紹和海源閣藏殘本（士禮居舊藏）、繆荃孫、劉承幹遞藏殘本等。然而著錄雖多，今時仍然存留可見者，卻僅四部殘書，分別為毛晉、宋犖、翁方綱等人遞藏的嘉定殘本、怡王府及常熟翁氏遞藏的景定殘本、黃丕烈等遞藏的《和陶詩》二卷以及繆荃孫舊藏的四卷，將至今尚存的所有殘書拼起來，去其重複，共存三十六卷，依然不能湊成一部全書，可見這部書雖為殘卷，其珍貴程度卻可想而知。

祭書之始

翁方綱所得之本為嘉定殘本，今可追溯最早收藏者為明朝嘉靖年間的安國，之後為明末毛晉、宋犖，然後經揆敘到翁方綱。翁方綱得到這部書後珍逾球璧，不僅將室名改為寶蘇齋，還請羅聘繪《寶蘇圖》及《東坡笠屐圖》裝於書之副頁，另請畫家華冠繪自己小像一幅，裝訂在第三卷的卷首。得書的第三天正好為蘇東坡生日，翁方綱請來桂馥、伊秉綬、姚鼐、錢大昕等好友設奠祭書，拜祭東坡生日，大家或題跋、或賦詩，書於磁青護頁者為金液銀液，書於副頁者為墨筆，此即祭書之始。

自此以後的每年十二月十九日，翁方綱都會舉行這樣的祭書儀式，以紀念東坡生日，當時參與盛事者皆有詩文記錄祭書之事，存於各自文集之中。錢泳《履園叢話》也曾記載此事：「大興翁覃溪先生……所居京師前門外保安寺街，圖書文籍，插架琳琅，登其堂者，如入萬花谷中，令人心搖目眩，而無暇譚論者也。嘗得宋版施註《蘇詩》，海內無第二本，每至十二月十九日必為文忠作生日會，即請會中人各為題名以及詩文歌詠，盡海內賢豪，垂三十年如一日也。」凡此種種，皆可見翁方綱愛此書之篤。

翁方綱之後，該書又經多人遞藏，鄭騫先生撰有《宋刊施顧註蘇東坡詩提要》曾詳細列明該書遞藏的過程，現引用如下：「明嘉靖間安國—明末毛晉—康熙三十八年或稍早宋犖—康熙五十四年至五十六年之間揆敘—乾隆三十八年十二月十七日翁方綱—道光六年吳榮光—道光十七年潘德輿—道光咸豐間葉名澧—光緒中鄧詩龕—光緒宣統間袁思亮—民國潘宗周—蔣祖詒—張澤珩—國立中央圖書館。」在此遞藏過程中，該書所存卷數曾發生變化，宋犖得書時，存有卷三、四、七、十至二十二、二十四、二十五、二十七至三十四、三十七、三十八、四十一、四十二，合計三十卷，到吳榮光架上時存卷依舊，而到袁思亮家不久即遭火焚，最後至國立中央圖書館時，僅存卷三、四、七、十至十三、十五至二十、二十九、三十二、三十三、三十四、三十七、三十八等十九卷，以及目錄的下卷。鄭先生還在文中提到：「比吳榮光以前所少各卷，是在潘、葉、鄧三家時失去，或遭火劫，不得而知；我只知道第四十一、第四十二兩卷即《和陶詩》未被火焚，而當初並未賣給中央圖書館，現由某藏書家收藏，『只在此山中，雲深不知處』。」從這段話的語氣中，我覺得鄭騫先生說此話時，應該是知道卷四十一及卷四十二藏於何處的，只是出於某些原因不便說，因為鄭文刊於一九七〇年，此時這兩卷正在藏書家陳清華架上，而陳先生當時身居美國，故有太多不可言者。

荀齋及《和陶詩》

陳清華先生字澄中，藏書極富，與周叔弢並稱「南陳北周」，為民國年間最具盛名的藏書家之一，因藏有宋版《荀子》而顏其室為「荀齋」，而他最為書林津津樂道的事，是使南宋世綵堂本《韓文》、《柳文》合璧一事，宋刻《註東坡先生詩》卷四十一、四十二是他一九三八年冬天在上海以重金收購。一九四九年陳澄中先生退休，攜帶部分珍籍移居香港，不久就傳出其有意出售所藏，以及日本人意欲收購荀齋舊藏的消息，當時的文化部文物局局長鄭振鐸得知後，決定不惜代價將這批珍籍購回國內，絕不能如皕宋樓般為日本人所得，當即通過徐伯郊、趙萬里等與陳澄中聯繫，至一九五五年才成功購回荀齋所藏的第一批善本，其中就有世綵堂本《韓文》、《柳文》。至一九六五年回購第二批善本時，鄭振鐸已經去世，周恩來親自過問此事，依舊請趙萬里與之聯繫，這次購回的善本中，就包括了陳澄中以之為號的宋刻《荀子》。當時中國經濟剛剛經歷了一段極困難時期，並且處於狠抓階級鬥爭階段，在這樣的時局之下，周恩來仍然親自過問此事，並在善本運回不久馬上安排內部展覽，受邀參觀者僅中央領導和極少數專業研究人員，可見荀齋所藏之重要。

然而陳澄中兩次出售的藏書中，都沒有《註東坡先生詩》卷四十一及卷四十二，可見在其心目中，這兩卷《和陶詩》之重要，遠過於世綵堂本

《韓文》、《柳文》和以之顏其齋的宋刻《荀子》。陳澄中晚年將《和陶詩》二卷分給其子國琅、女兒國瑾每人各一冊，至十餘年前嘉德公司在美國從陳澄中後人手中徵集到一批荀齋舊藏，計有二十三部之多，可謂部部珍罕，其中最引人注目的就是《註東坡先生詩》卷四十二，也就是《和陶詩》的下半部，因為它承載著太多的書界傳奇，人們也直至這個時候，才知道《和陶詩》二卷一直藏於陳澄中架上。按照當時的國家規定，這批書被文物部門限定為只能由公共圖書館購買，所以這批書最後完整售歸北京圖書館。

《註東坡先生詩》卷四十二的歸屬終於明瞭之時，外界卻並不知道《註東坡先生詩》的卷四十一藏於寒齋，亦為寒齋珍秘之一，不舍輕易示人。然而恰逢東坡誕辰九八一年，大塊文化為紀念此盛事，特將臺灣所藏及寒齋所藏精選出版，故而不揣淺陋，略寫序言如上。料必或有錯漏，不如人意之處，還盼方家指教。

韋力
藏書家／作家

稀世珍本的六個傳奇

傳奇的人　蘇東坡

蘇軾（字子瞻，號東坡居士）是著名的文學家，也是唐宋八大家之一，和其父蘇洵、其弟蘇轍並稱「三蘇」。

蘇東坡生性曠達豪放不羈，喜歡交友、品茗、美食，亦喜遨遊寄情於山水之間，他那無人能及的才情，展現在詩、詞、書、畫和散文中。現存大約二千七百多首詩作，風格多樣，對於後世影響極為深遠。

雖然才華洋溢又是著名的詩人、文學家，蘇東坡的仕途之路卻十分坎坷。四朝為官，因文字獄數度被貶官，謫居至黃州、惠州、儋州等地，晚年結束流放的日子，歸鄉養老時病逝於常州。

因所處北宋時代有新舊黨爭，蘇東坡在政治上偏於舊黨，不過他想興利除弊，既反對王安石較為急進的改革措施，也不同意司馬光盡廢新法，因而在新舊兩黨間屢受排斥。雖然捲入政治漩渦之中，卻始終超脫於政治之上。擁有多樣才華且風格多變的蘇東坡，在逆境中懂得隨遇而安，一生嬉遊自得其樂，寄情山水飲酒賦詩……就是這種既落拓又富浪漫情懷的獨特魅力，讓他成為中國文人喜愛與仰慕的名家。

The Legendary Poet

Su Dongpo, a man of unconventionality, was the most favorite literary figure of Chinese literati.

Su Dongpo, a man of unconventionality, was the most favorite literary figure of the Chinese literati. His courtesy name was Zizhan and his pseudonym was Dongpo Jushi (Eastern Slope Householder).His father Su Xun and his brother Su Zhe were both famous literati. Together they were called "The Three Su's".

Su Dongpo, a genius poet in the Song Dynasty, was also a prose writer, artist, calligrapher, gastronome, and statesman. Broadminded and uninhibited, he enjoyed friendship, tea, cuisine, and travel. He wrote about 2,700 poems and lyrics in a variety of styles.

He had his ups and downs in his political career, having served four emperors and was demoted and banished several times. He died in Changzhou after a period of exile.

The multi-talented artist showed optimism and great sense of humor in his private and political life. His unique charm of unconventionality and romantic spirit greatly appealed to the Chinese literati.

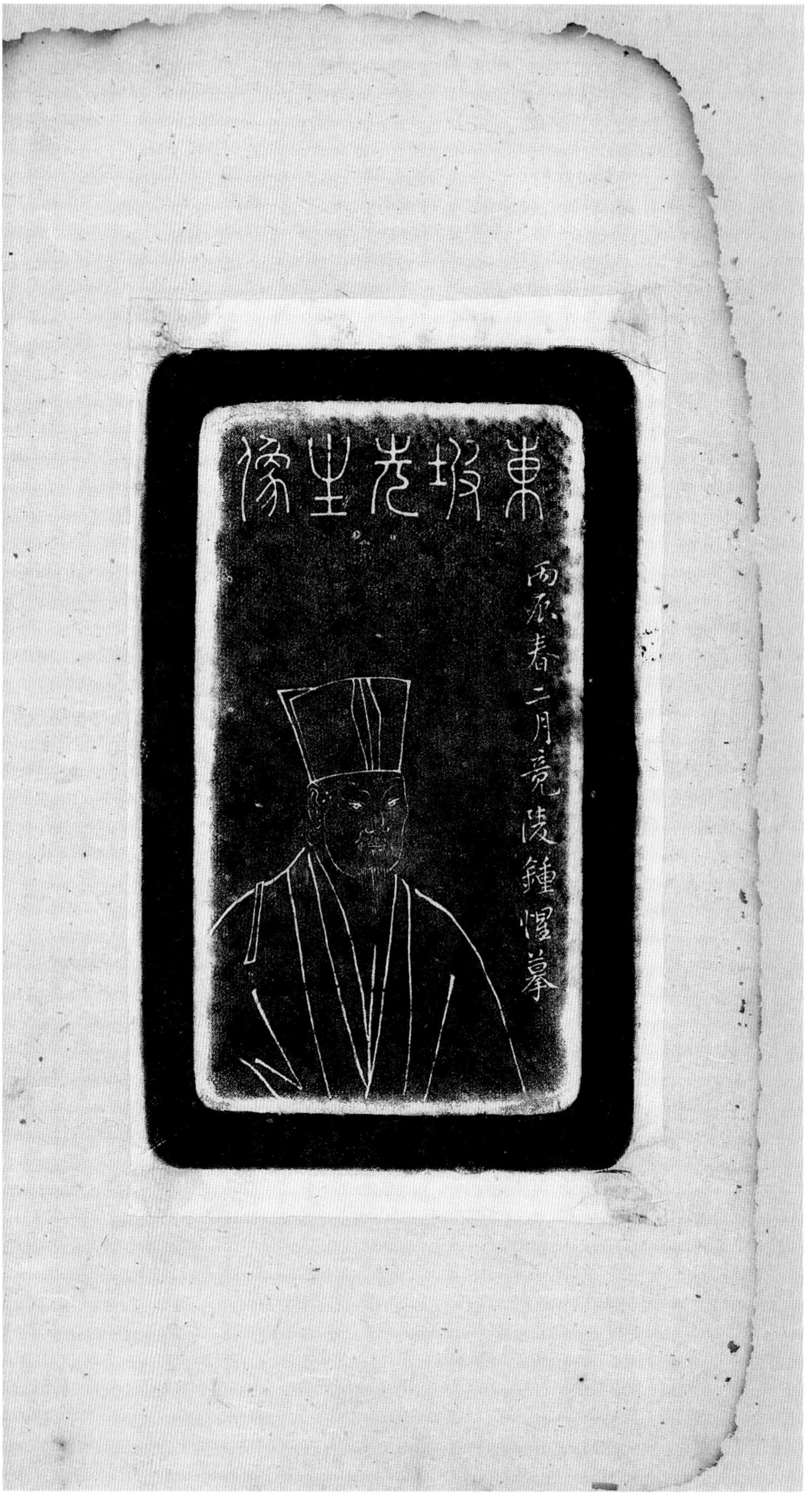
東坡先生像
丙辰春二月竟陵鍾惺摹

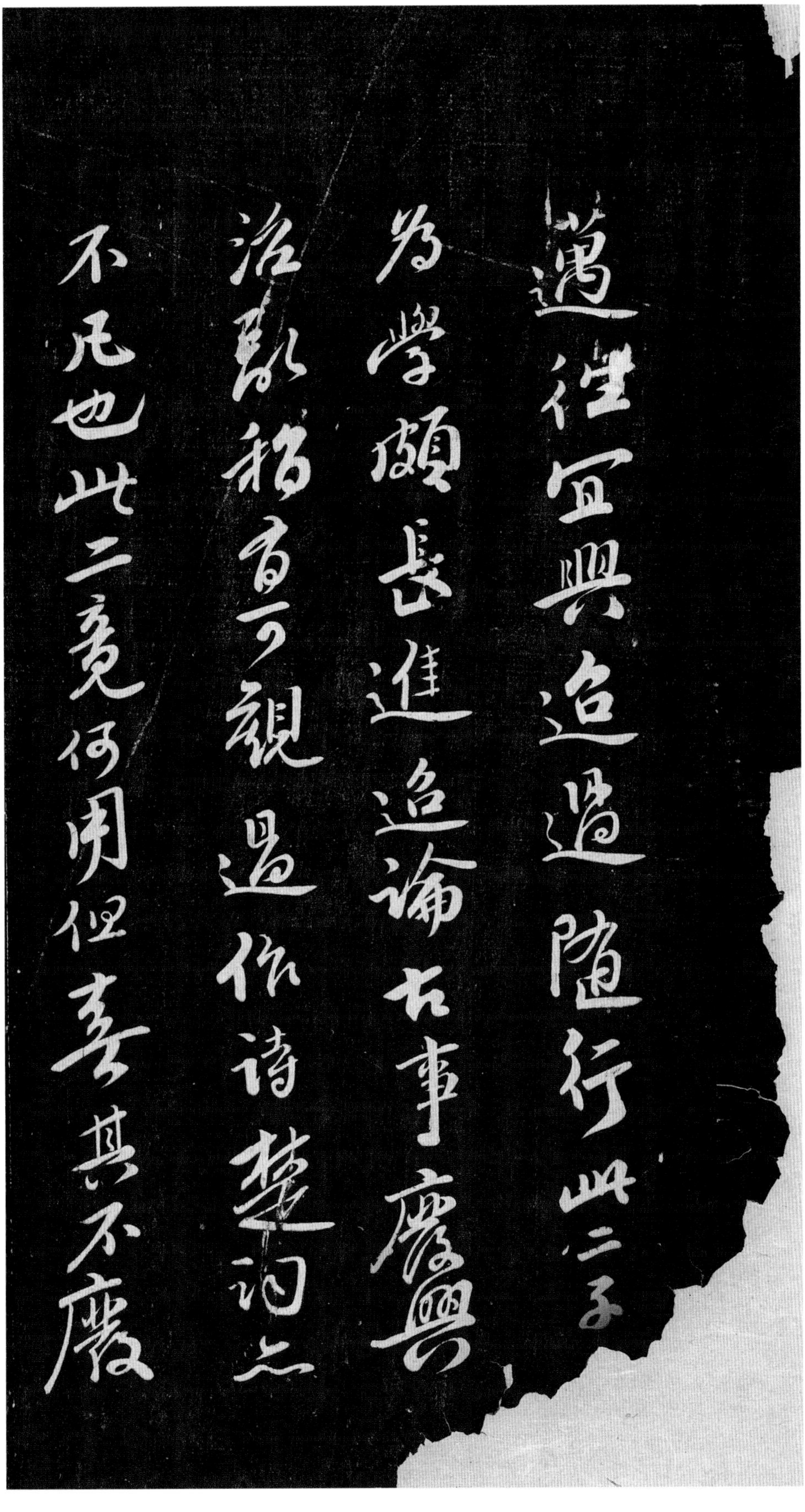

東坡先生畫像硯拓墨本。卷七前護葉，鍾惺摹刻。
蘇東坡行書墨跡（海山仙館摹刻）。目錄下後副葉。

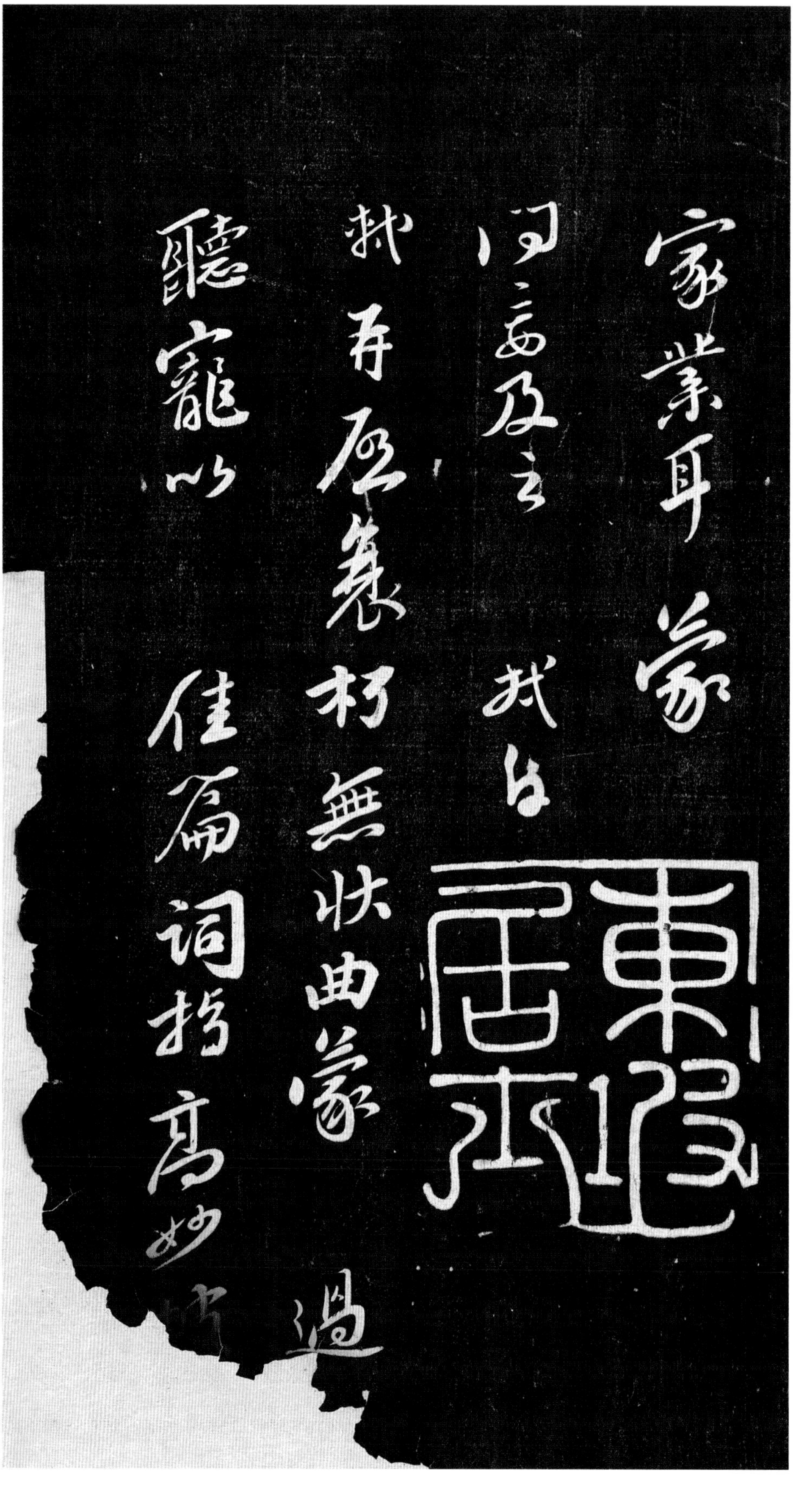
家業耳
無狀曲蒙
東坡居士
聽寵以
佳篇詞指高妙

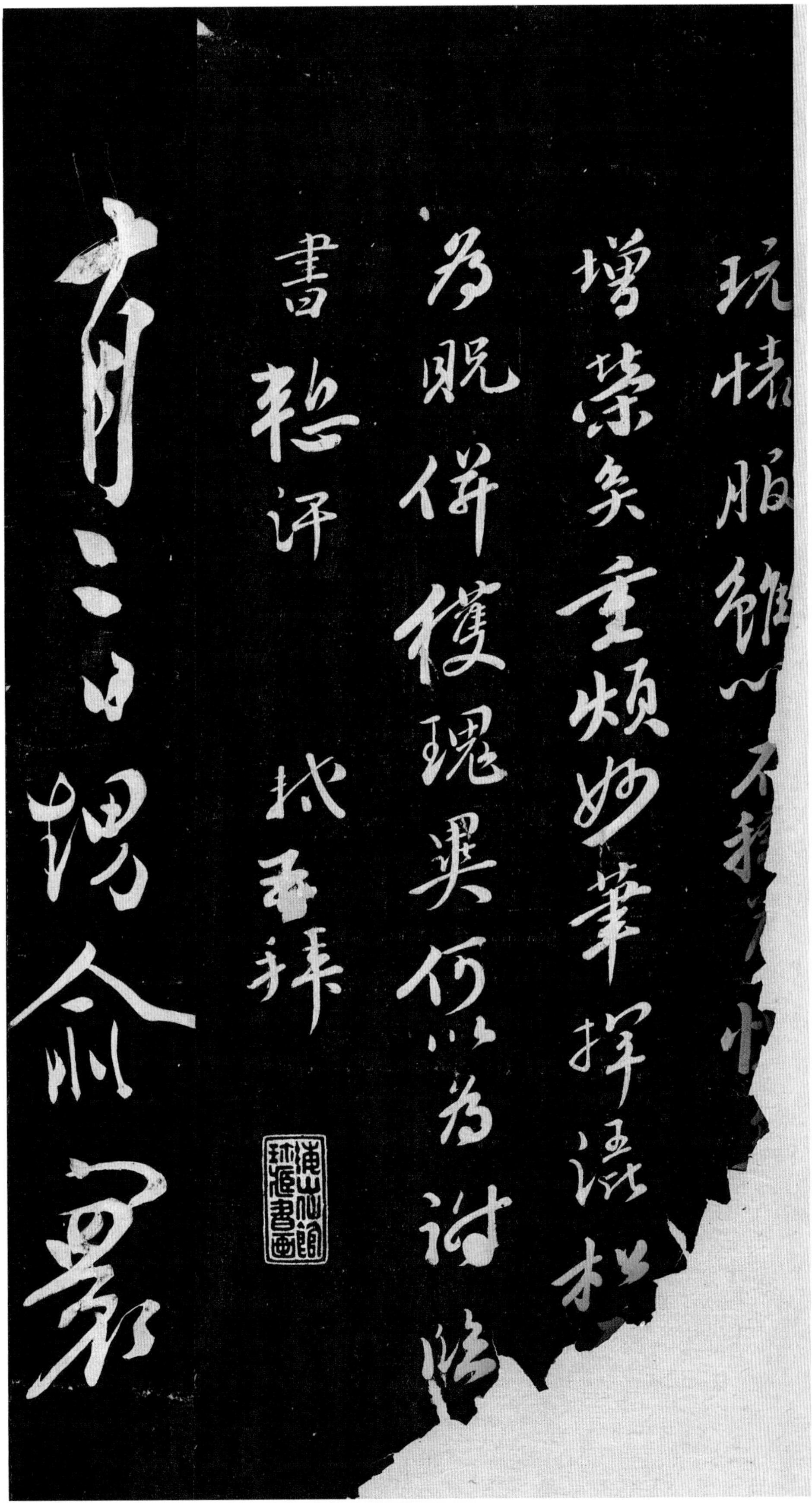

蘇東坡行書墨跡（海山仙館摹刻）。目錄下後副葉。

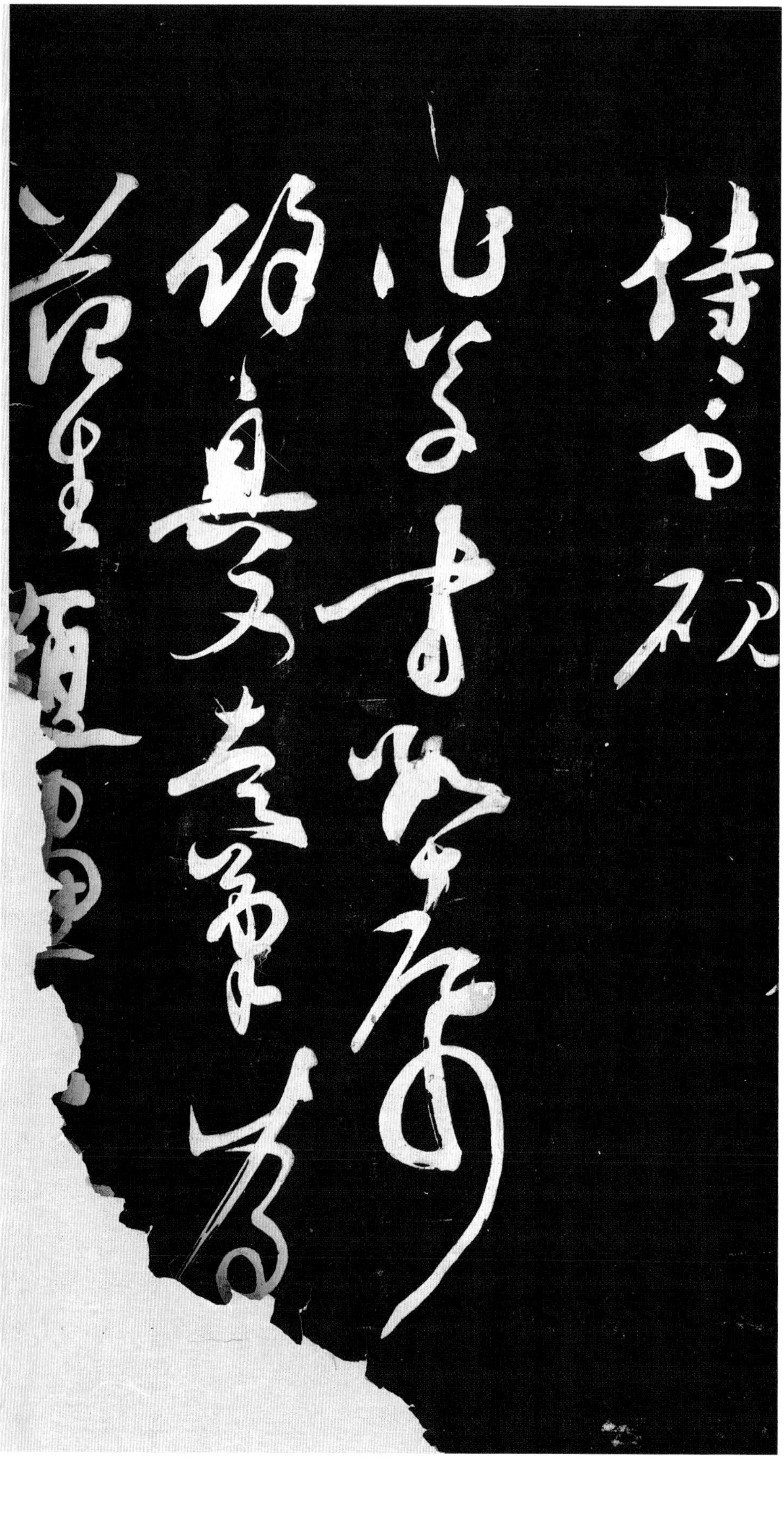

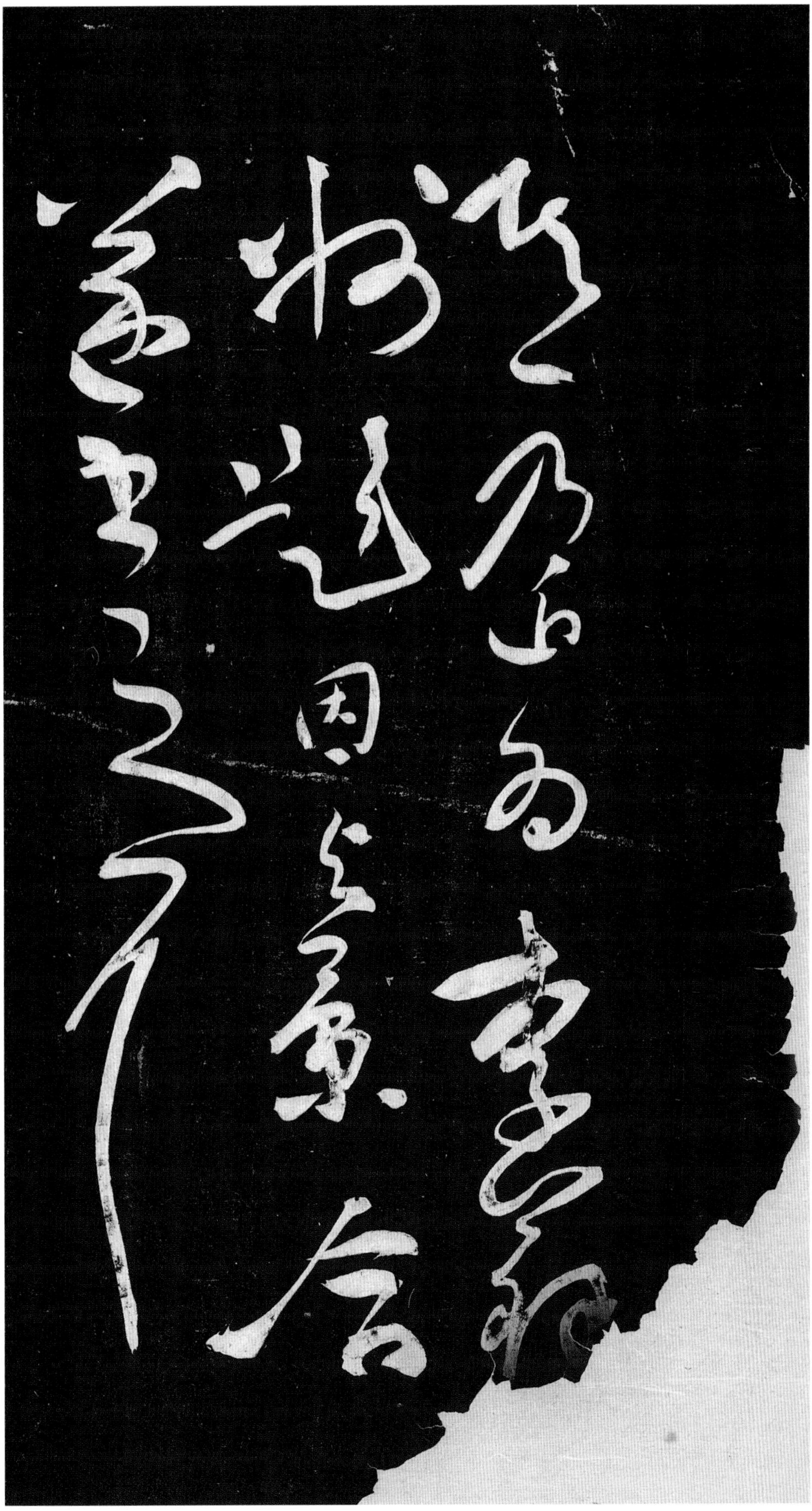

蘇東坡行書墨跡（海山仙館摹刻）。目錄下後副葉。

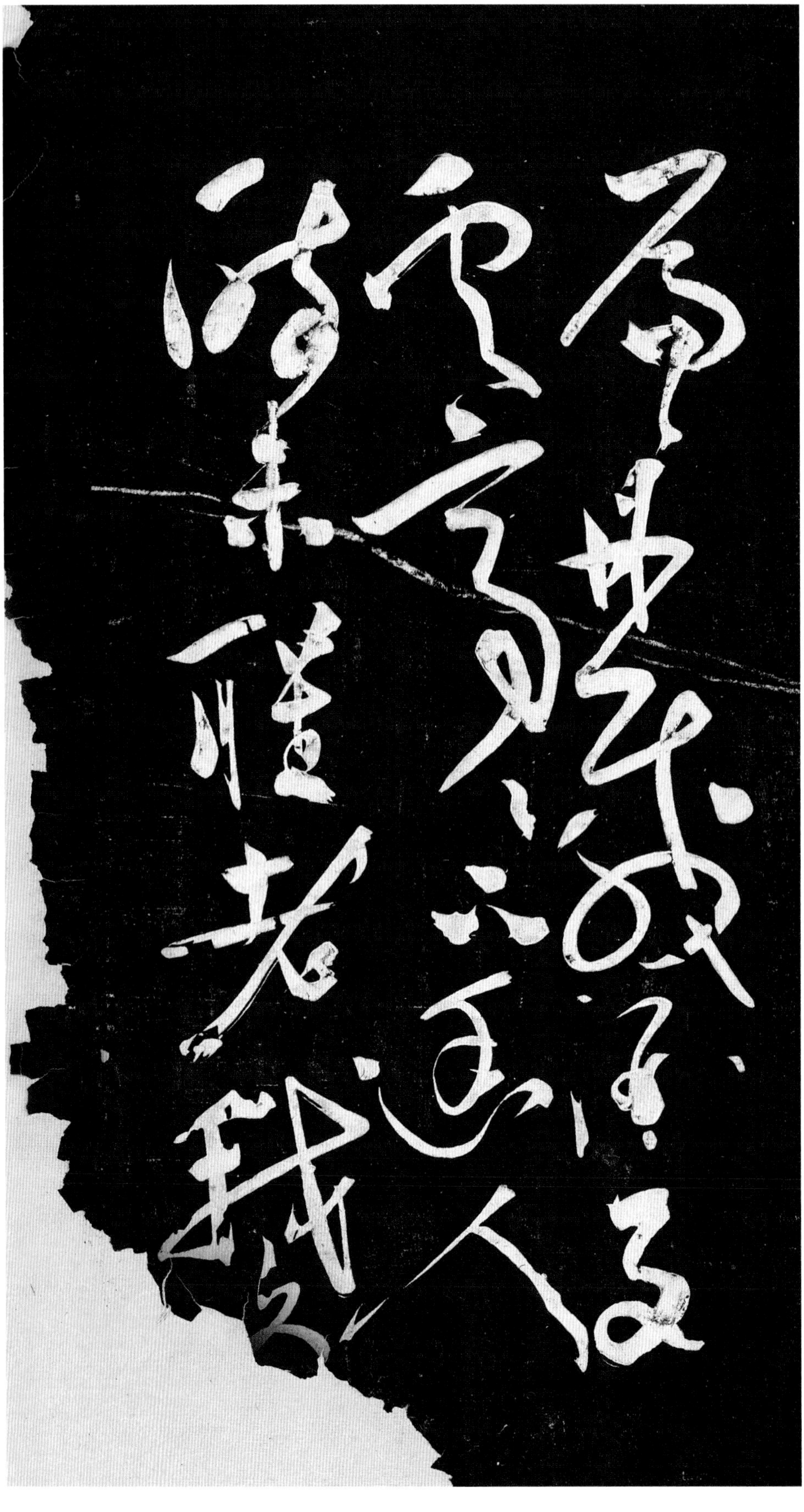

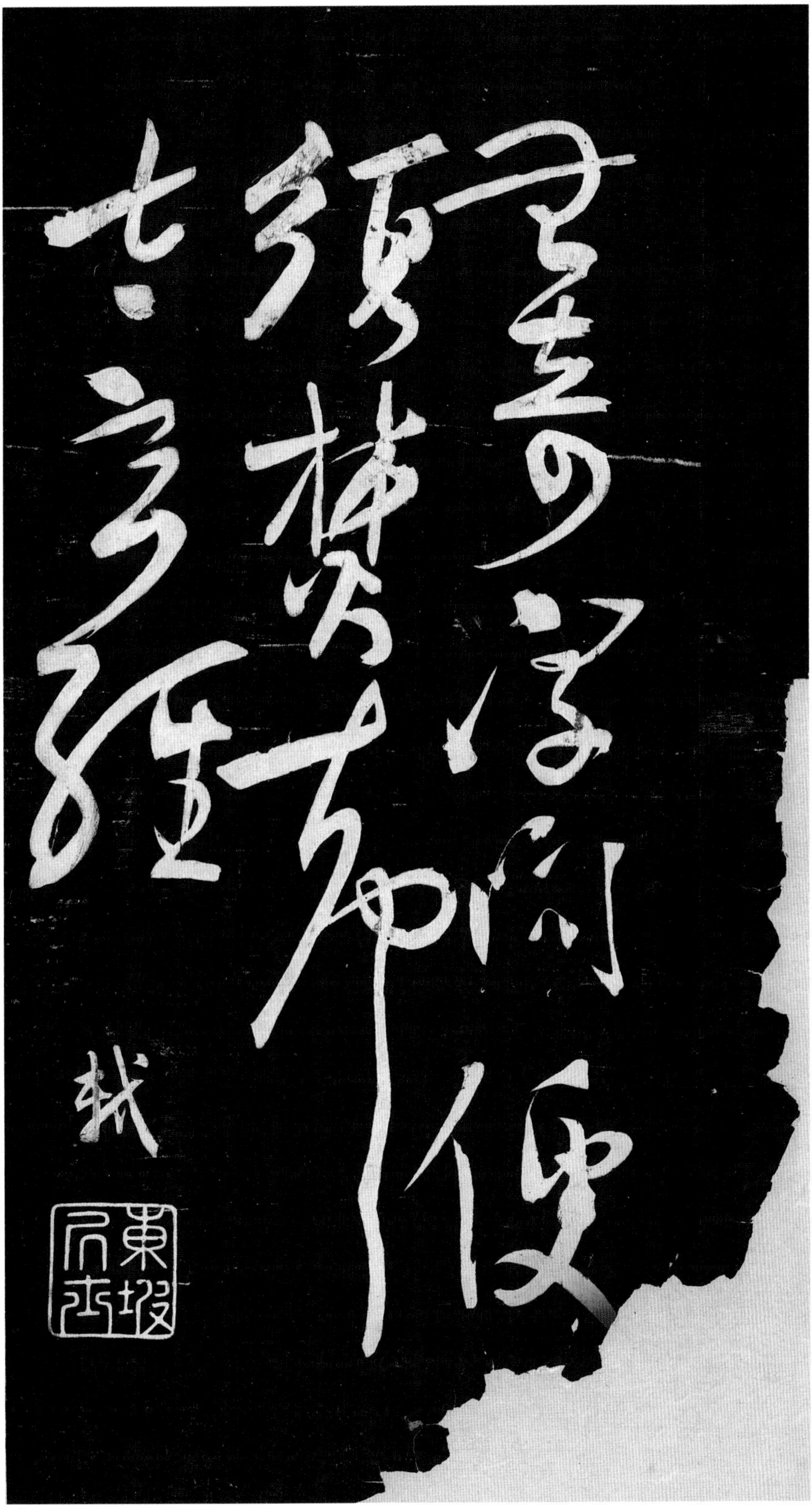

蘇東坡行書墨跡（海山仙館摹刻）。目錄下後副葉。

傳奇的註釋

前台大中文系鄭騫教授在《宋刊施顧註蘇東坡詩提要》中，提及為東坡詩作註的重要性：

「東坡詩是『非註不明』的，因為東坡一生有四多：讀過的書多、走過的地方多、經歷的事情多、與他有關聯的人物多。他的詩如果沒有精詳的箋註，讀者即便能明瞭其意旨，欣賞其技巧與風格，總未免霧裡看花，終隔一層……。」

宋人註宋詩，始於東坡詩。就在蘇軾病逝不久，註釋蘇詩的風氣悄然興起，流傳甚廣，而且當代人注當代詩，無論時間之早、人數之多，在中國的詩歌史上都是第一人。

宋人註東坡詩蔚為風潮，但因時代變遷多已散佚，至今僅存兩部，一為王十朋編纂的《王狀元集註分類東坡先生詩》，一為南宋施元之、施宿父子及詩人顧禧合力完成的《註東坡先生詩》。這部書離東坡的時代不遠，考證詳實，深為學者所重視，書裡的註文有兩種，一是夾在詩句中間的句註，一為題註（分題下註和題左註），其中精彩亮點就在施宿所作之題左註，不但記載相當多的宋代史料，解讀東坡詩發思古幽情、意在言外的微言大義，還評比臧否北宋新舊黨爭以來的時政與人物，折射出那個時代的歷史光影。

The Legendary Annotations

The light and shadow of history has made the artistic value of the classic extraordinary.

Former professor Zheng Qian of the Chinese Department, Taiwan University mentioned the importance of annotations for Su's poetry in his "Summary of the Annotated Edition of Dongpo's Poetry by She and Gu":

Dongpo's poetry has been known to be difficult to grasp without sufficient annotations. For there were four "Most's" in Dongpo's whole life:

He had read the most books. He had been to the most places. He had experienced the most events. And he was related to the most people. Even if the readers could understand the meaning and appreciate the craft and style of his poetry, they could never completely understand it without detailed annotations.

The Annotated Edition of Dongpo's Poetry was co-authored by Shi Yuanzhi, Shi Su (father and son), and Gu Xi. Their footnotes and postscripts, of tremendous literary value, are filled with detailed historical data. They not only interpreted Su's poetry in terms of its nostalgic memories and implications but also truthfully reflected historical development in that era. The light and shadow of history has made the artistic value of the classic extraordinary.

鄭公樗散鬢如絲酒

[illegible]精老[illegible][illegible]又堂成詩懶情無心作解嘲疎狂記聖明白樂天齋

微之疎狂屬年少閑散為官早阿奴須碌碌門戶要全生

晉列公周顗母李氏傳謂顗等曰我屈節為汝家妾門戶計耳中興時顗等並列顯

位因冬至置酒絡秀舉觴賜三子曰爾等並貴列吾目前吾復何憂嵩曰恐不如尊

旨伯仁好乘人之弊非自全之道嵩性抗直亦不容於世唯阿奴碌碌當在阿母目

下耳李氏字絡秀顗字伯仁謨小字阿奴

舊隱三年別杉松好在不白樂天詩好在王貞外平生記

得不吾今尚眷眷毛詩眷眷懷顧此意恐悠悠毛詩悠悠

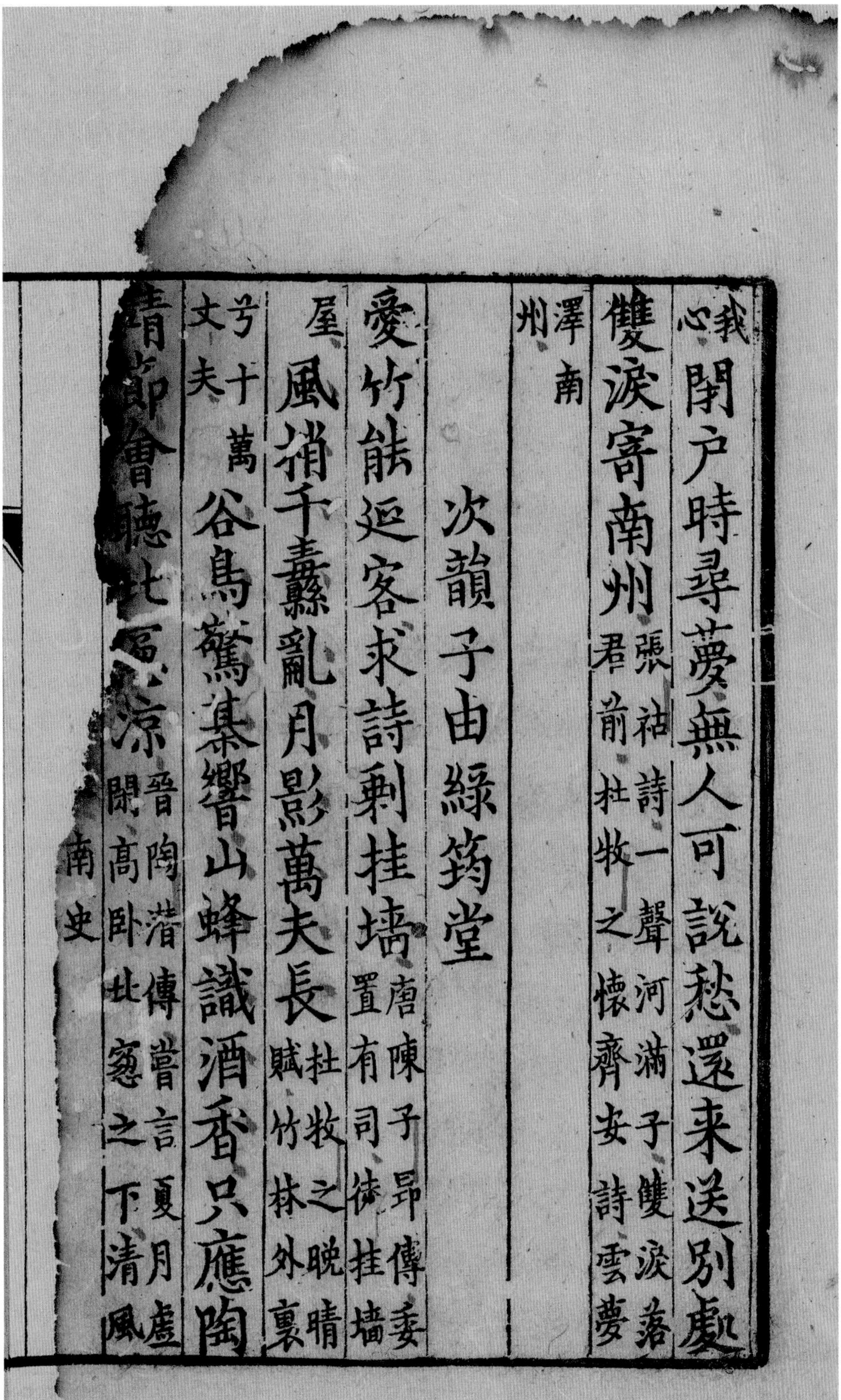

宋嘉定刻本《註東坡先生詩》，是由施元之、顧禧合註，施宿補註的，所以也簡稱《施顧註蘇詩》。

卷三內頁，朱筆點校。

二詩文不用吏教詩
遐與折君官職是詩名邊無事日日酣杜子美詩朝迴日日
典春衣每日江頭盡醉歸夢魂不到蓬萊宮史記封禪書蓬萊方
丈瀛洲此三神山者其傳在渤海中杜子美莫相疑行憶獻三賦蓬萊宮秋風
昨夜入庭樹劉禹錫詩秋風入庭樹從此不相見蓴絲未老
君先去杜子美詩䜴化蓴絲熟晉張翰傳因秋風起乃思吳中菰菜蓴羹鱸
魚膾命駕而歸君先去幾時迴柳子厚詩不知從此去更遣幾年回
劉郎應白髮劉禹錫還京師詩南曹舊吏來相問何處淹留白髮生
桃花開不開劉禹錫贈看花君子詩玄都觀裏桃千樹盡是劉郎去後

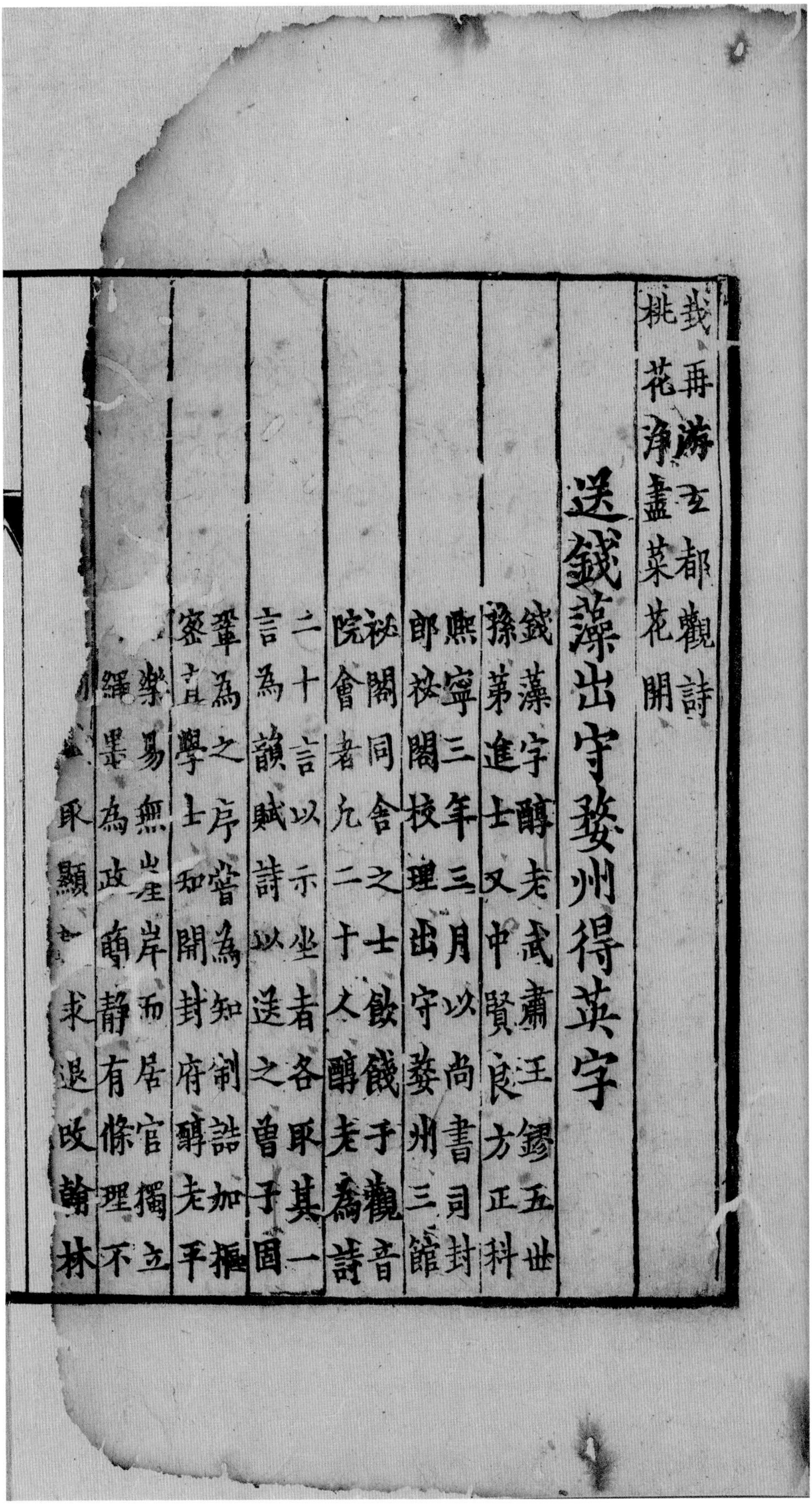
我再游玄都觀詩
桃花淨盡菜花開
送錢藻出守婺州得英字
錢藻字醇老武肅王鏐五世
孫第進士又中賢良方正科
熙寧三年三月以尚書司封
郎祕閣校理出守婺州三館
祕閣同舍之士飲餞于觀音
院會者九二十人醇老為詩
二十言以示坐者各取其一
言為韻賦詩以送之曾子固
筆為之序嘗為知制誥加樞
密直學士知開封府醇老平
[illegible]樂易無山崖而居官獨立
[illegible]繹畢為政簡靜有條理不
[illegible]取顯[illegible]求退以翰林

右圖爲夾在詩句中間的句註。

左圖爲題註。分爲題下註和題左註。卷三內頁，朱筆點校。

過九江至于東陵東以北會于匯東為

中江入于海漢司馬相如傳官游下遂而困 聞道潮頭一丈高

杭州圖經梅乘詩去發江老逆流海水上潮頭 天寒尚有沙痕在

中泠南畔石盤陀張又新水經揚子江心中泠水第一蕢羣金山

寺詩西江中泠波四截湧出一峰青嶻嵲杜子美詩白馬金盤陀 古来出

没隨波濤試登絕頂望鄉國杜子美望嶽詩會當臨絕

頂一覽衆山小韓退之詩夢中了了見鄉國 江南江北青山多

羈愁畏晚尋歸楫韓退之洞庭阻風詩非懷北歸興何用勝羈愁

山僧苦留看落日微風萬頃靴文細斷霞

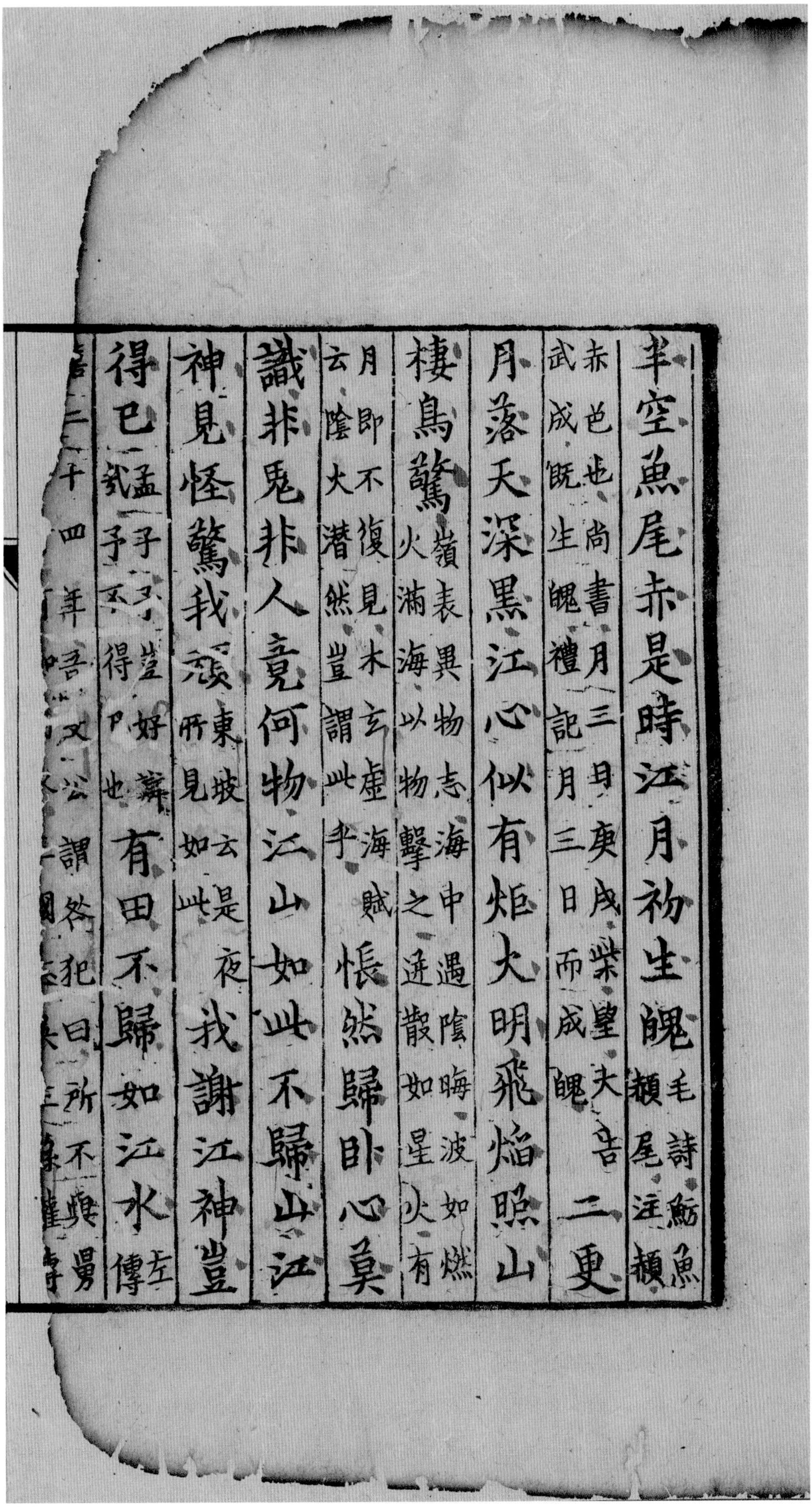
半空魚尾赤是時江月初生魄毛詩魴魚赬尾注赬
赤色也尚書月三日庚戌柴望大告武成既生魄禮記月三日而成魄二更
月落天深黑江心似有炬火明飛焰照山
棲鳥驚嶺表異物志海中遇陰晦波如燃火滿海以物擊之迸散如星火有
月即不復見木玄虛海賦云陰火潛然豈謂此乎悵然歸卧心莫
識非鬼非人竟何物江山如此不歸山江
神見怪驚我頑東坡云是夜所見如此我謝江神豈
得已孟子予豈好辯哉予不得已也有田不歸如江水左傳
僖二十四年晉文公謂咎犯曰所不與舅[illegible]

卷四內頁，朱筆點校。

後帝游甘露寺寺有孔明孫權李德裕遺跡感而賦詩猶此意也今日讀李太白廣武古戰場詩云沈酒乎賢子狂言非至公乃知太白亦誤認嗣宗語與先友之意異嗣宗蓋放蕩本有意於世以魏晉多故故一放於酒何至以沛公為賢子乎

不待雍門彈相譚新論雍門周以琴見孟嘗君君曰先生鼓琴亦能使文悲乎對曰竊為足下有所悲千秋萬歲後墳墓生荊棘游童牧豎躑躅而歌其上曰孟嘗君之尊貴亦若是乎於是孟嘗君喟然太息淚承睫而未下雍門周引琴鼓之孟嘗君遂歔欷而就之

次韻子由柳湖感物

憶昔子美在東屯數間茅屋蒼山根杜子美毅

居東屯詩東屯復瀼西一種住清谿來往皆茆屋淹留為稻畦嘲吟草木
調蠻獠北史蠻獠傳蠻之種類蓋盤瓠之後獠者南蠻之別種欲與
猿鳥爭啾喧子今憔悴衆所弃左傳成公九年詩曰
雖有姬姜無弃蕉萃驅馬獨出無往還毛詩驅馬悠悠惟有
柳湖萬株柳清陰與子供朝昏柳子厚飲酒詩清陰
自可庇竟夕聞佳言胡為譏評不少借會稽典錄孔融與曹公書
今之少年喜謗前輩或能譏評孝章韓退之送浮屠令縱序促席接膝譏評文章史
記荊軻傳願王少假借之按子由柳湖感物詩意謂柳花入水為浮萍枉作堅材其
窖蓬地為茅功力十生意支坐雜為藂

卷四內頁，朱筆點校。

[illegible]祖廳前老槐樹嘆曰槐樹婆娑無復生意

柳雖無言不解慍世俗乍見應憮然論語子路行以告夫子憮然

嬌姿共愛春濯濯晉王恭傳美姿儀或目之云濯濯如春月柳

豈悶空腹脩虬蟠白樂天悟真寺詩根株抱石長虬曲蟲虬蟠

朝看濃翠傲炎赫夜愛踈影搖

清圓杜子美宿贊公土室詩松門耿踈影風飜雪陣春絮亂

晉列女傳謝道韞詠雪云未若柳絮因風起蠹響啄木秋聲堅

四時盛衰各有態白樂天松庭詩四時各有趣萬木非其儕搖

落悽愴驚寒溫楚辭宋玉九辯悲哉秋之為氣也蕭瑟兮草木搖落

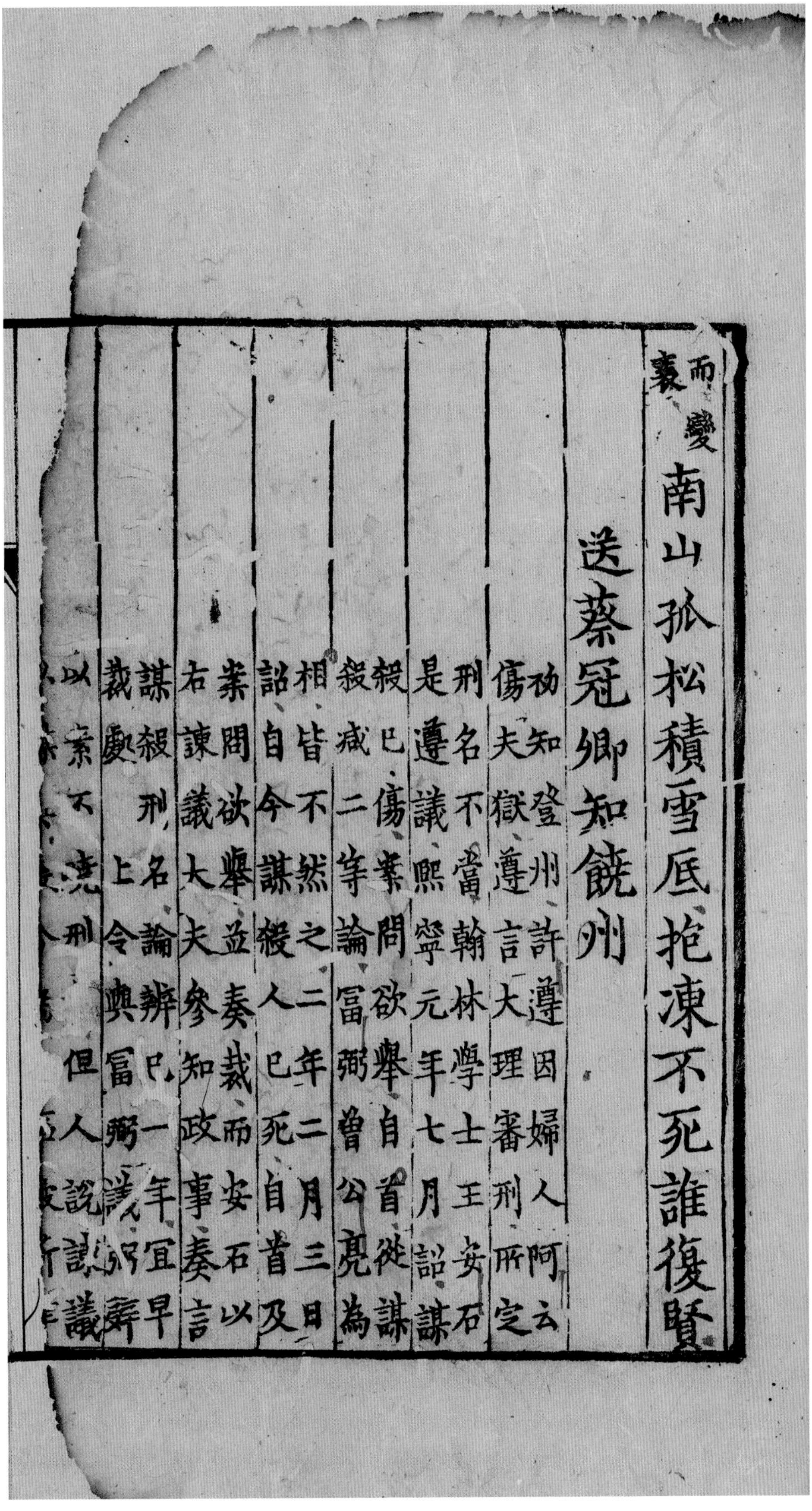
而變
襄
南山孤松積雪底抱凍不死誰復賢
送蔡冠卿知饒州
初知登州許遵因婦人阿云傷夫獄遵言大理審刑所定刑名不當翰林學士王安石是遵議熙寧元年七月詔謀殺已傷案問欲舉自首從謀殺減二等論富弼曾公亮為相皆不然之二年二月三日詔自今謀殺人已死自首及案問欲舉並奏裁而安石以右諫議大夫參知政事奏言謀殺刑名論辨已一年宜早裁處上令與富弼議弼辭以京不亮刑 但人說謀議

左頁爲題左註，記載了宋代的史料，極具研究價値。卷四內頁，朱筆點校。

定案聞詔與如安石議詔依
所定而審刑院大理寺官齊
俛王師元蔡冠卿皆以為不
當詔安石與刑寺官會議俛
尋出使師元冠卿合奏不肯
與安石會議詔以師元等所
奏下安石安石詰難條奏至
二月三日乃有前降旨揮而
安石是日得政判刑部劉述
丁諷奏以為不可用封還中
書安石與參政唐介數爭議
於上前上卒從安石議
冠卿既與安石不合遂補外
得饒州東坡送
行詩意盖用此

吾觀蔡子與人游掀髯笑語無不可

論語
我則

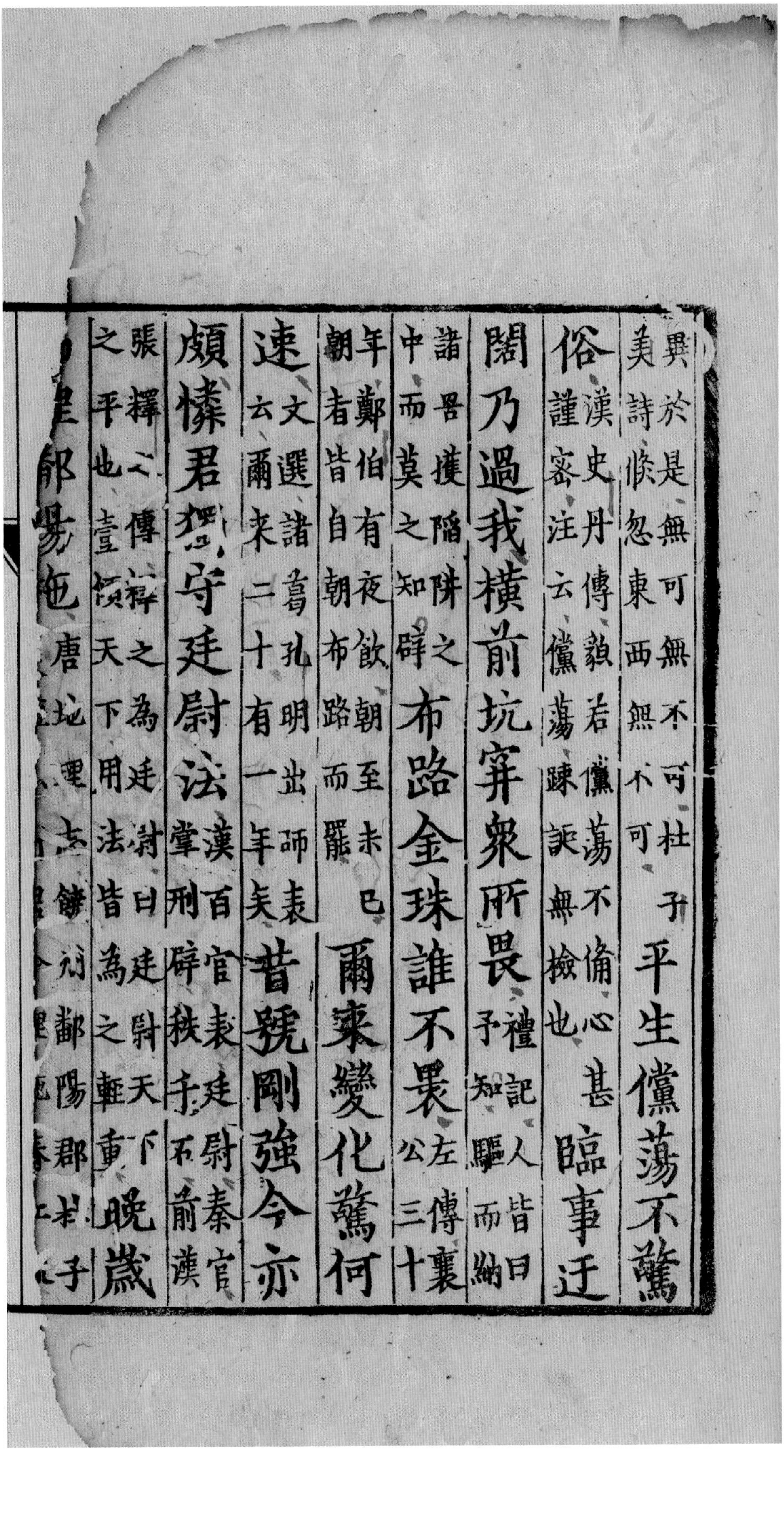
異於是無可無不可杜子美詩倏忽東西無不可 平生儻蕩不驚俗 漢史丹傳貌若儻蕩不備心謹寥注云儻蕩疎誕無檢也 甚臨事迂闊乃過我橫前坑穽衆所畏 禮記人皆曰予知驅而納諸罟擭陷阱之中而莫之知辟 布路金珠誰不畏 左傳襄公三十年鄭伯有夜飲朝至未已朝者皆自朝布路而罷 爾來變化驚何速 文選諸葛孔明出師表云爾來二十有一年矣 昔貌剛強今亦頗懍君猶守廷尉法 漢百官表廷尉秦官掌刑辟秩千石前漢張釋之傳釋之為廷尉曰廷尉天下之平也壹傾天下用法皆為之輕重 晚歲[illegible]郡陽也 唐地理志[illegible]鄱陽郡[illegible]子

卷四內頁，朱筆點校。

莫嘆天驥逐羸牛又漢[illegible]白馬[illegible]道興而天驥呈[illegible]杜子美錦樹行青章萋萋盡枯死天驥跛足隨羸牛楚辭東方朔七諫乘罷牛而驂驥

欲試良工須猛火淮南子終山之玉灼以爐炭三日三夜色澤不變得天地之精也白居易詩試玉要燒三日滿

世事徐觀真夢寐楞嚴經却来觀世間猶如夢中事李太白醉起言志詩處世若大夢胡為勞其生

人生不信長轗軻文選古詩無為守窮賤轗軻長苦辛

知君决獄有陰功漢于定國傳父于公曰我治獄多陰德未嘗有所寃子孫必有興者

他日老人醻魏顆左傳宣公十五年魏武子有嬖妾武子疾命其子顆曰必嫁是疾病則曰必以為殉及卒顆嫁之曰疾病則亂吾從其治

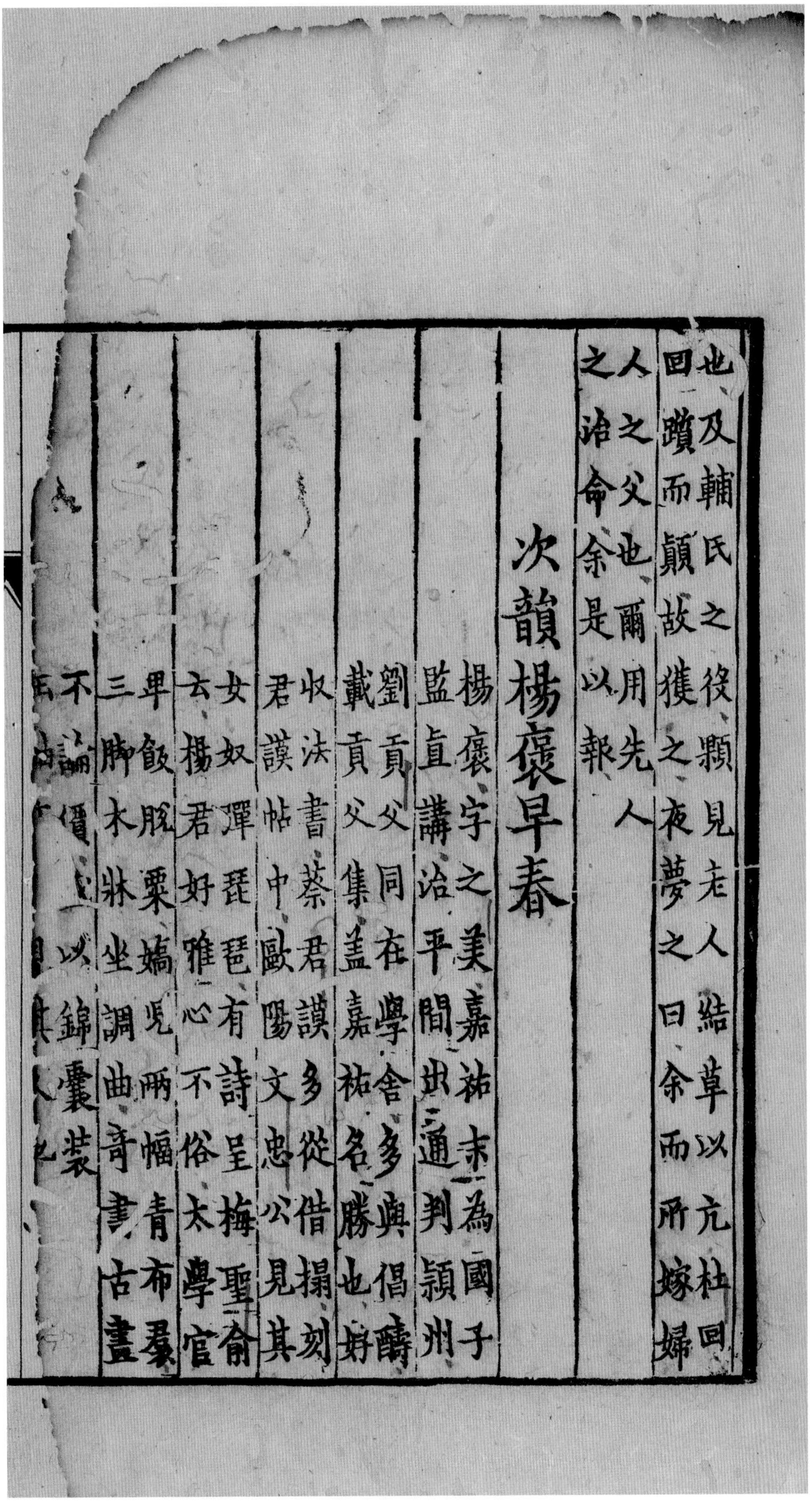

也及輔氏之役顆見老人結草以亢杜
回躓而顛故獲之夜夢之曰余而所嫁婦
人之父也爾用先人
之治命余是以報

次韻楊褒早春

楊褒字之美嘉祐末為國子
監直講治平間出通判潁州
劉貢父同在學舍多與倡酬
載貢父集盖嘉祐名勝也好
收法書蔡君謨多從借搨刻
君謨帖中歐陽文忠公見其
女奴彈琵琶有詩呈梅聖俞
云楊君好雅心不俗太學官
卑飯脫粟嬌兒兩幅青布裳
三脚木牀坐調曲奇書古畫
不論價以錦囊裝
[illegible]

施宿所作之題左註有許多人物小傳，也是這部詩註精彩之處。卷四內頁，朱筆點校。

炊煮碧石煙橫[illegible]詩碧縷鑪煙直山人睡覺

無人見只有飛蚊遶鬢鳴唐文粹何諷夢渭賦牎日斜照飛蚊遶鬢

癸丑春分後雪

雪入春分省見稀半開桃李不勝威應慚

落地梅花識梁簡文雪朝詩落梅飛四注翻英舞三襲又梅賦梅花特早偏能識春

却作漫天柳絮飛韓退之晚春詩楊花榆莢無才思惟解漫天作雪飛

不分東君專節物梁李君武詠涺詩不分高樓妾恃況別離情杜子美送杜侍御詩不分桃花紅勝錦文選陸士衡擬古詩躑躅

感節物故將新巧發陰機韓退之辛卯雪詩翕翕凌厚載嘩嘩弄陰機從今造物尤難料更暖須留御臘衣毛詩亦以御冬

孤山二詠 并引

孤山有陳時栢二株其一為人所薪山下老人自為兒已見其枯矣然堅悍如金石愈於未枯者僧志詮作堂於其側名之曰栢堂堂與白公居易竹閣相連屬余作二詩以記之

卷七內頁。

栢堂

道人手種幾生前鶴骨龍姿尚宛然雙幹一先神物化九朝三見太平年九朝謂自陳歷隋唐五代本朝也漢食貨志三登曰太平伍被傳雖未及古太平時然猶為治忽鶵華棤依巖出乞與佳名到處傳此栢未枯君記取灰心聊伴小乘禪莊子心若死灰傳燈錄終南圭峯宗密云悟我本空徧眞之理而修者是小乘禪

竹閣

海山㘣崒兩茫然盧子唐逸史會昌中有海商因風至仙山宮中

篇纖絃促柱

香霧淒迷著髻鬟杜子美月夜詩香霧雲鬟重清輝玉臂寒李賀詩白晝萬里閑淒迷杜子美詩自陳剪髻鬟共喜使君

能鼓樂晉桓伊傳使君於此不凡孟子吾王庶幾無疾病與何以能鼓樂也

萬人爭看火城還國史補每元日冬至立仗大官皆以樺燭擁馬有至五六百炬謂之火城有堂火城宰相火城宰相火城至則衆撲滅避之

有美堂暴雨

游人脚底一聲雷滿坐頑雲撥不開杜牧之雲中書懷詩朧雲一尺厚雲凍寒頑癡天外黑風吹海立杜子美郭

獻六清宮賦九天之雲浙東飛雨過江來

[illegible]涵頭越山渾在浪花中濂詩[illegible]卷浪[illegible]花浮

江邊身世兩悠悠文選鮑明遠詩身世兩相棄毛詩悠悠我思

又與滄波共白頭白樂天詩愁見風行舟又起白頭浪裏白頭人

造物亦知人易老故教江水向西流李太白白頭吟東流不作西歸水

吳兒生長狎濤淵晉夏統傳吳兒木人石心左傳昭公二年鄭子產曰火烈民望而畏之故鮮死焉水弱民狎而玩之則多死焉冒利輕生

不自憐東海若知明主意應教斥鹵變桑

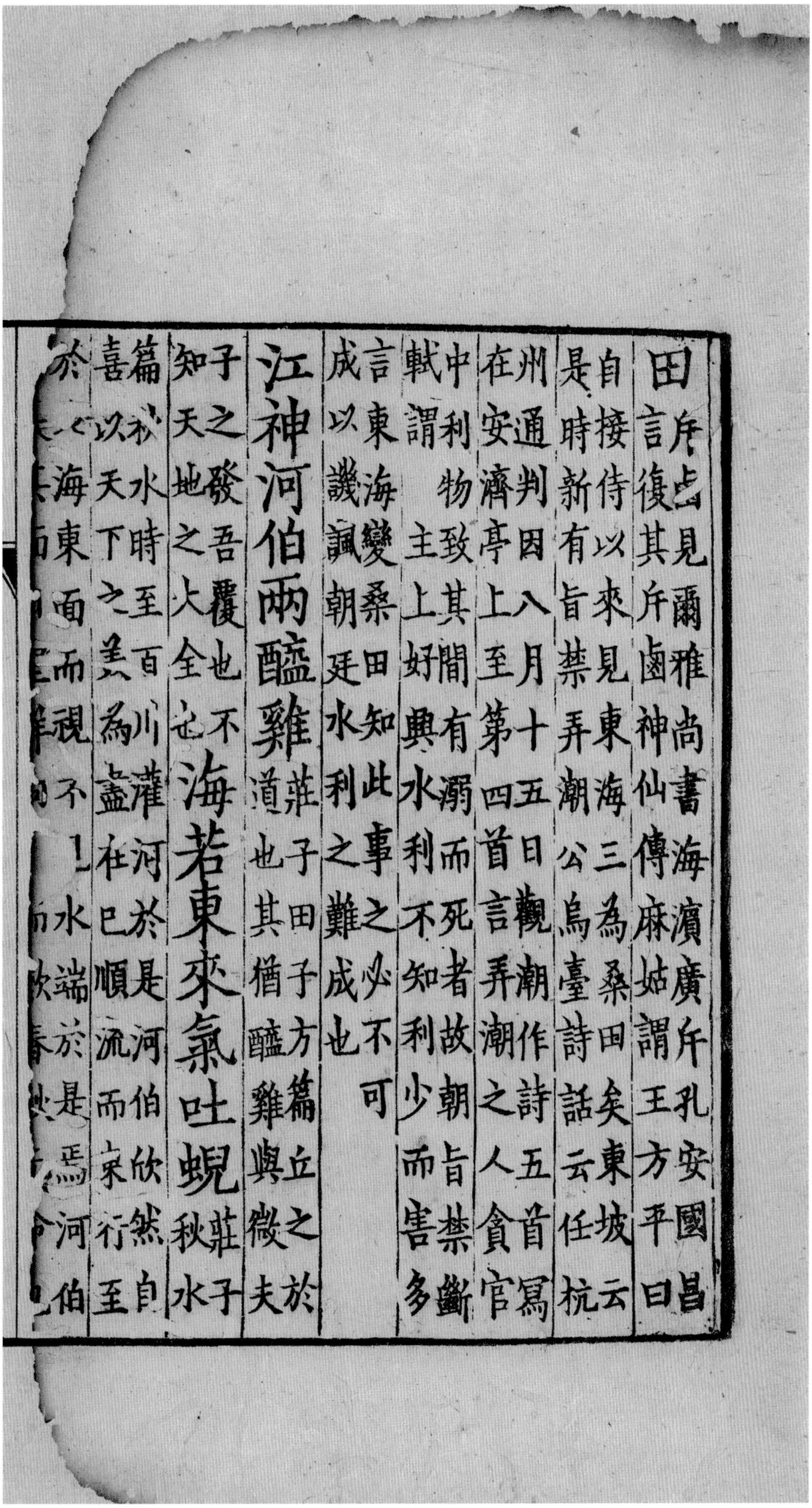

田斥鹵見爾雅尚書海濱廣斥孔安國曰言復其斥鹵神仙傳麻姑謂王方平曰自接侍以來見東海三為桑田矣東坡云是時新有旨禁弄潮公烏臺詩話云任杭州通判因八月十五日觀潮作詩五首寫在安濟亭上至第十四首言弄潮之人貪官中利物致其間有溺而死者故朝旨禁斷軾謂主上好興水利不知利少而害多言東海變桑田知此事之必不可成以譏諷朝廷水利之難成也

江神河伯兩醯雞莊子田子方篇丘之於道也其猶醯雞與微夫子之發吾覆也不知天地之大全也海若東來氣吐蜺莊子秋水篇秋水時至百川灌河於是河伯欣然自喜以天下之美為盡在已順流而東行至於[illegible]海東面而視不見水端於是焉河伯[illegible]

書中的題下註和句註相同，多為典故、地理、成語等註解。卷七內頁。

月令章句蝃常依陰雲而晝見於衝安

得夫差水犀手國語夫差衣水犀之甲者三千三千強弩

射潮低孫光憲北夢瑣言杭州連歲潮頭直打羅刹石吳越錢尚父俾張弓

弩候潮至逆而射之由是漸退羅刹石化而為陸地遂列廛庚焉漢張騫傳宛兵弱

誠以漢兵不過三千人強弩射之即破宛矣

東陽水樂亭

東坡志林云錢塘東陽皆有水樂洞泉流空巖中自然宮商此詩為東陽令王都官槩作

君不學白公引涇東注渭五斗黃泥一鍾

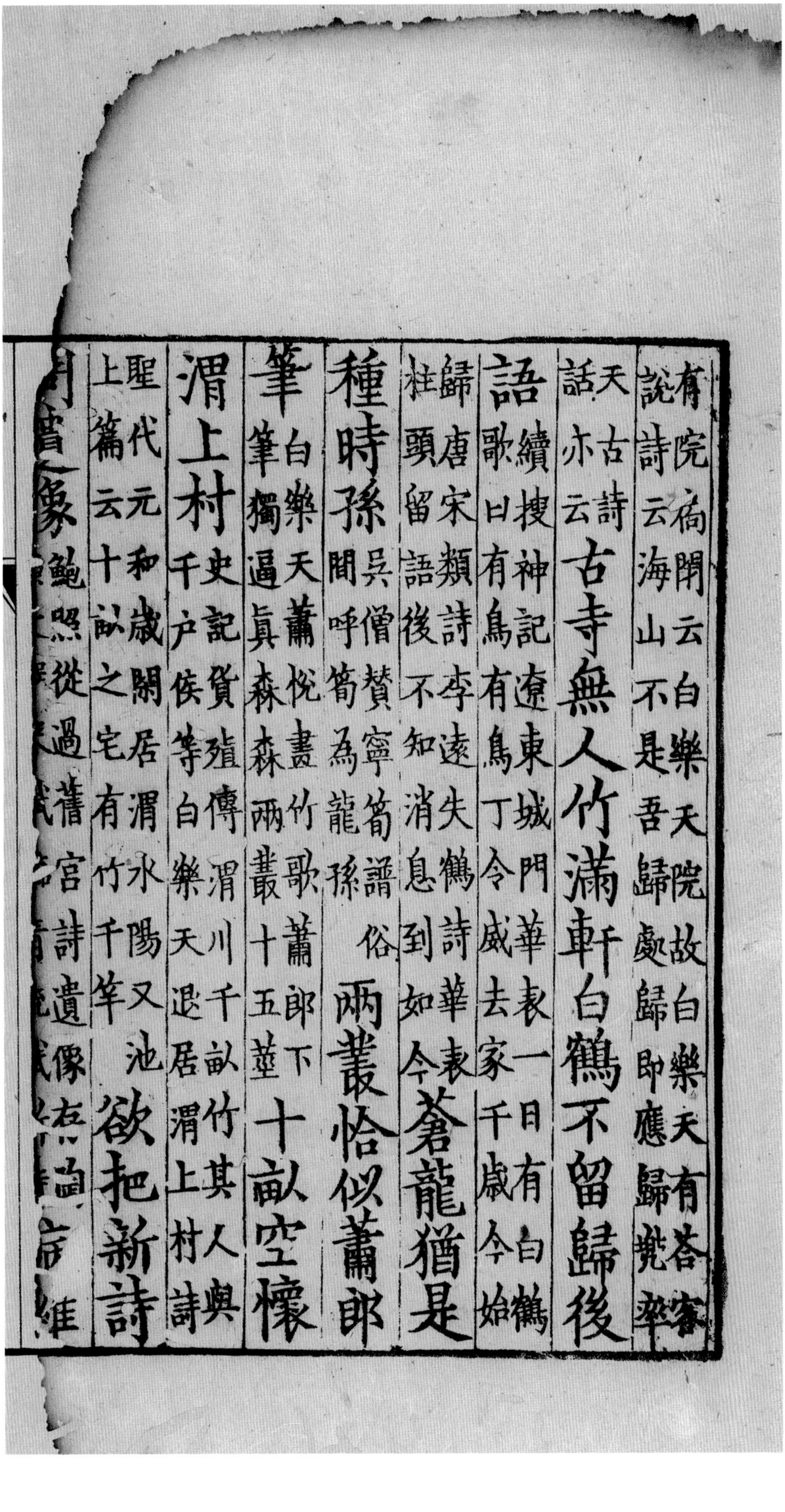

施宿所作之題註，幾乎都是人物小傳及時局掌故，可以了解時代背景，

還可做爲宋代史料，對後世影響極爲深遠。卷七內頁。

[illegible]

絲[illegible]祇尤東坡守杭作亭風篁嶺上名過溪亦曰二差

有次辯才韻詩載二十九卷此詩疑倅杭日所作或誤寘此卷

南北一山門上下兩天竺白樂天寄天竺韜光禪師詩一山門作兩山門兩寺元從一寺分中有差法師瘦長如鸛

鵠唐裴寬傳寬衣碧瘠而長號碧鸛雀不知脩何行碧眼照

山谷高僧傳達磨大師眼紺青色後稱碧眼胡僧見之自清涼

洗盡煩惱毒坐令一都會漢地理志吳亦江東之一都會

也

男女禮白足高僧傳魏武帝時有白足禪師我有長頭

角頰後漢賈逵傳自為兒童常在太學諸儒為之語曰問事不休賈長頭見

峙犀王國語鄭史伯曰今王惡角犀豐盈後漢李固傳貌狀有奇表鼎角匿犀足履龜文韓退之送僧澄觀詩有僧來訪呼使前伏犀插腦高頰顴四歲

不知行抱負頰背腹師來為摩頂南史徐陵傳寶誌摩其頂曰天上石麒麟也起走趂奔鹿子由作辯才塔碑云子瞻中子迨生三年不能行請師為落髮摩頂晉唐彬傳身長八尺走及奔鹿乃知

戒律中妙[illegible]謝羈束左傳越石父免於羈束何必言

[illegible]興國[illegible]符問僧

言極吉神異今　山化　身忽焉

事具毀界

游廬山次韻章傳道

章傳道名傳事見第六卷次韻荅章傳見贈

塵容已似服轅駒文選孔稚圭北山移文抗塵容而走俗狀漢灌夫傳局趣效轅下駒野性猶同縱壑魚漢王褒傳褒為聖主得賢臣頌云翼乎如鴻毛過順風沛乎如巨魚縱大壑出入巖巒千仞表晉王衍傳巖巖清峙壁立千仞較量筋力十年初韓退之贈鄭兵曹詩尊酒相逢十載前君為壯夫我少年尊酒相逢十載後我為壯夫君白首

雖無窈窕驅前馬毛詩窈窕淑女揚雄方言秦晉閒美狀為窕言閑都也美心為窈言幽靜也儀禮有執燭前馬史記李斯傳佳冶窈窕淑女不立於側

還有鴟夷挂後車漢陳遵傳揚雄酒箴鴟夷滑稽腹如大壺晝日盛酒人復借酤常為國器託於屬車

莫笑吟詩淡生活古詩話裴令公夜宴公聯句元白有得色至楊汝士曰昔日蘭亭無艷質此時金谷有高人白知不能加還曰笙歌鼎沸勿作此冷冷淡生活元曰樂天可謂能保其名也元乃微之

當令阿買為君書韓退之贈張祕書詩阿買不識字頗知書八分詩成使之寫亦[illegible]吾[illegible]

卷十內頁。

攢[illegible]而[illegible]鬱肉必[illegible]

生國語人國懇傀小國附協十日坐空[illegible]不中出子詩

貪讀酒屢燬晉孫盛傳晉諸般浩談論食冷而復煖者數四狂言

各須慎勿使輸薪粲漢劉輔傳成帝欲立趙倢伃為后輔上書坐繫共工獄論為鬼薪漢刑法志罪人獄已決定為城旦舂滿三歲為鬼薪白粲惠帝紀應劭註曰取薪給宗廟為鬼薪坐擇米使正白為白粲皆二歲刑也

和子由四首

韓太祝送游太山

偶作郊原十日游未應回首厭籠囚但教

塵土驅馳足終把雲山爛漫酬元次山丐說鄉無若子則友雲山白樂天枕上作賴是從前爛熳游聞道逢春思濯錦蜀本記錦城南有濯錦江便須到處覓菟裘左傳桓公十一年隱公曰使營菟裘吾將老焉恨君不上東封頂史記封禪書武帝封禪上太山乃令人上石立之太山巔夜看金輪出九幽太山記東南峯名日觀雞一鳴見日出劉禹錫羅浮詩赤波千萬里湧出黃金輪黃庭經九幽日月洞空無

送春

卷十內頁。

時復聞鼙鼓其鉦（毛詩擊鼓其鏜踊躍用兵）舡開艣鳴

顧我而言兩泣載零（毛詩涕零如雨）子卿白首當

還西京（漢蘇武傳字子卿在匈奴十九歲始以強壯出及還鬚髮盡白萬石君傳逮老白首）遼東萬里亦歸管寧（三國志魏管寧傳至遼東公孫度虛館以候之文帝即位徵寧遂將家屬浮海還郡）感子至意託

辭西風吾生一塵寓形空中頤言謙亨君

子有終（周易謙亨君子有終吉）功名在子何異我躬

貧士 并引

余遷惠州一年衣食漸窘重九俯邇樽俎

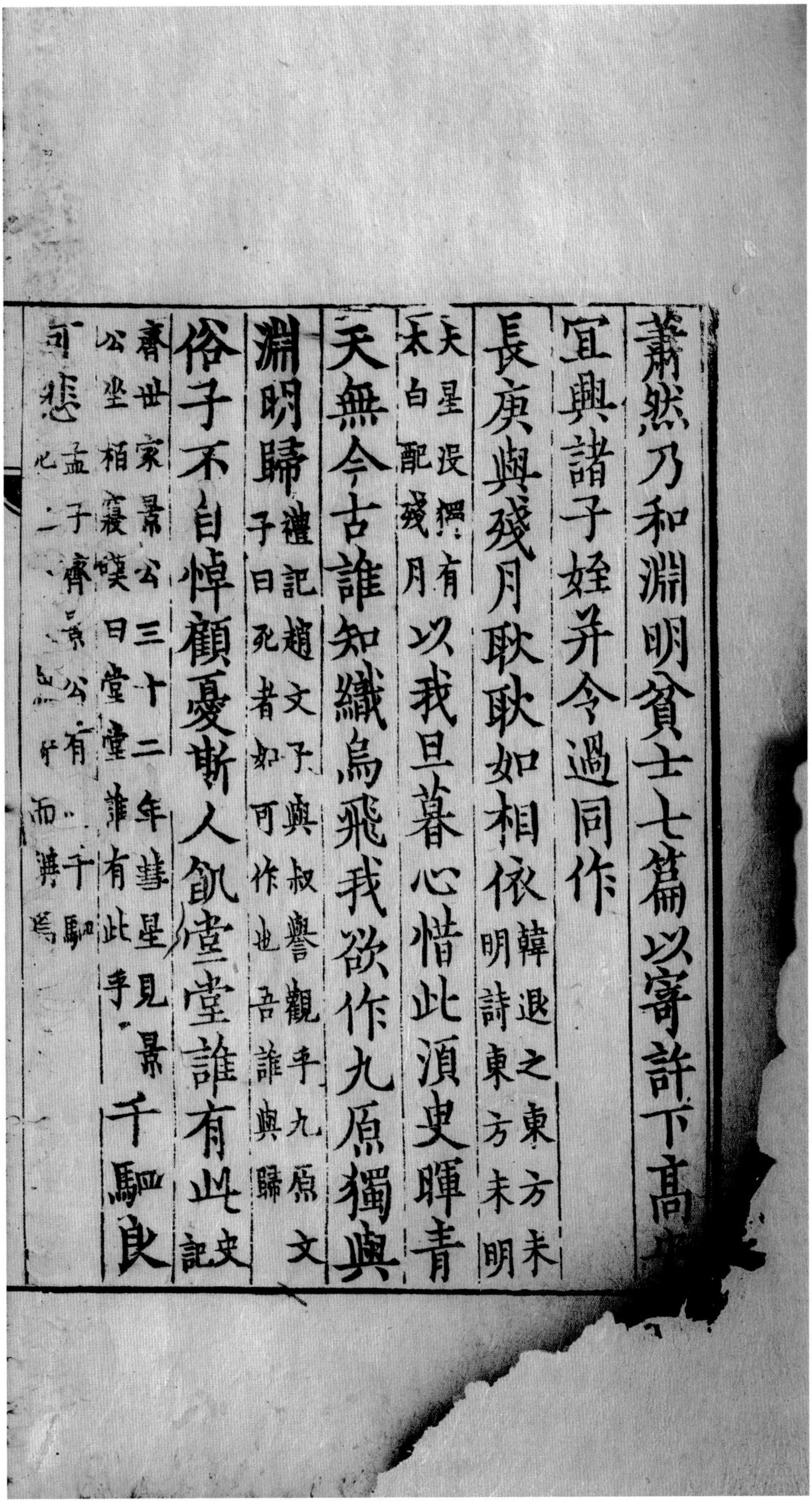

蕭然乃和淵明貧士七篇以寄許下高

宜興諸子姪并令過同作

長庚與殘月耿耿如相依（韓退之東方未明詩東方未明大星沒獨有太白配殘月）以我旦暮心惜此須臾暉青天無今古誰知織烏飛我欲作九原獨與淵明歸（禮記趙文子與叔譽觀乎九原文子曰死者如可作也吾誰與歸）俗子不自悼顧憂斯人飢儻堂誰有此（史記齊世家景公三十二年彗星見景公坐柏寢嘆曰堂堂誰有此乎）千駟良可悲（孟子齊景公有千駟死之日民無德而稱焉）

卷四十一《和陶詩》內頁。

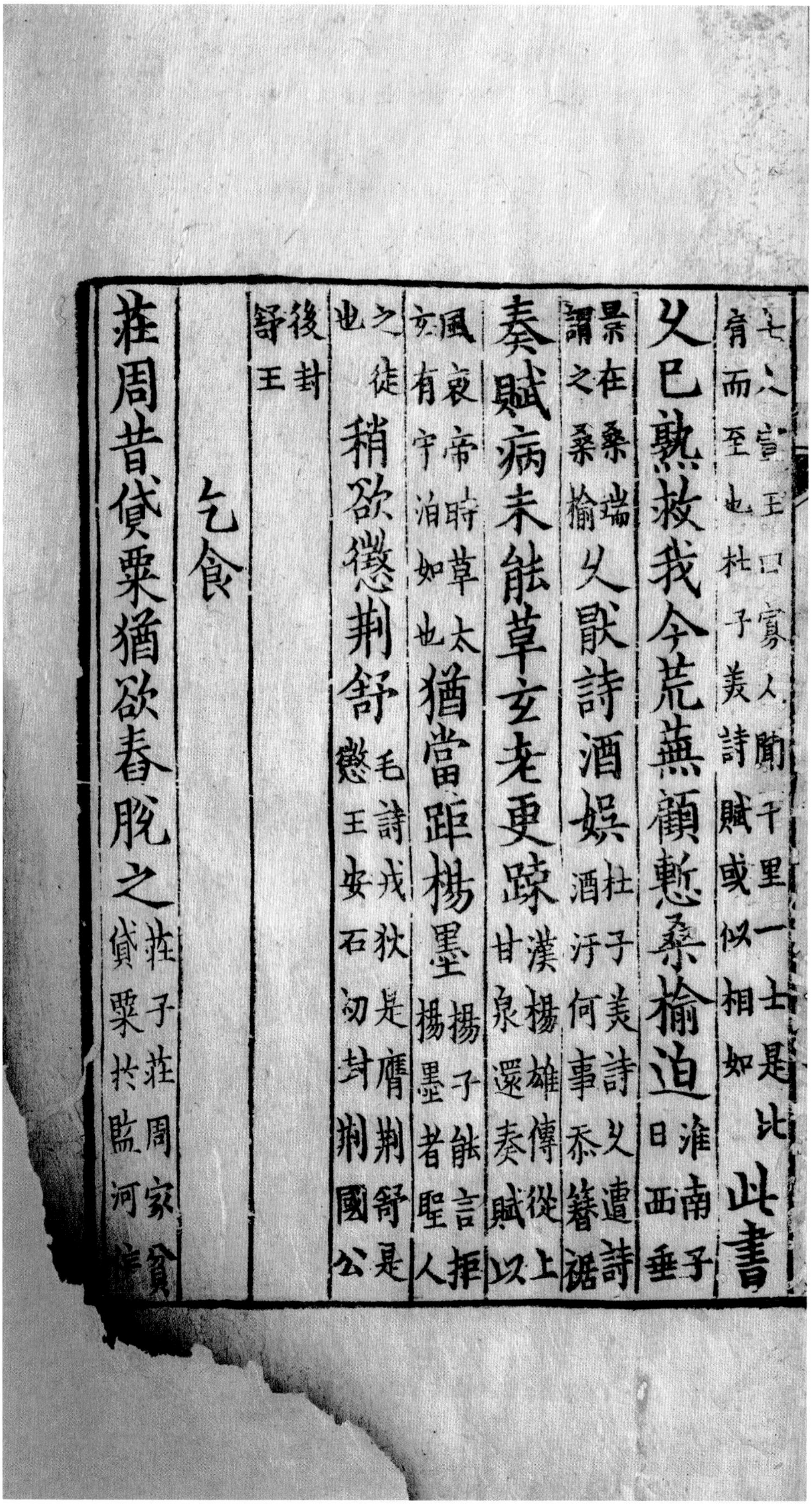

七八言王曰寡人願千里一士是比肩而至也杜子美詩賦或似相如此書

久已熟救我今荒蕪顧慙桑榆迫淮南子日西垂景在桑端謂之桑榆

久歇詩酒娛杜子美詩久遣詩酒汙何事忝簪裾

奏賦病未能草玄老更疎漢揚雄傳從上甘泉還奏賦以風哀帝時草太玄有守泊如也

猶當距揚墨揚子能言拒揚墨者聖人之徒也

稍欲懲荊舒毛詩戎狄是膺荊舒是懲王安石初封荊國公後封舒王

乞食

莊周昔貸粟猶欲舂脫之莊子莊周家貧貸粟於監河侯

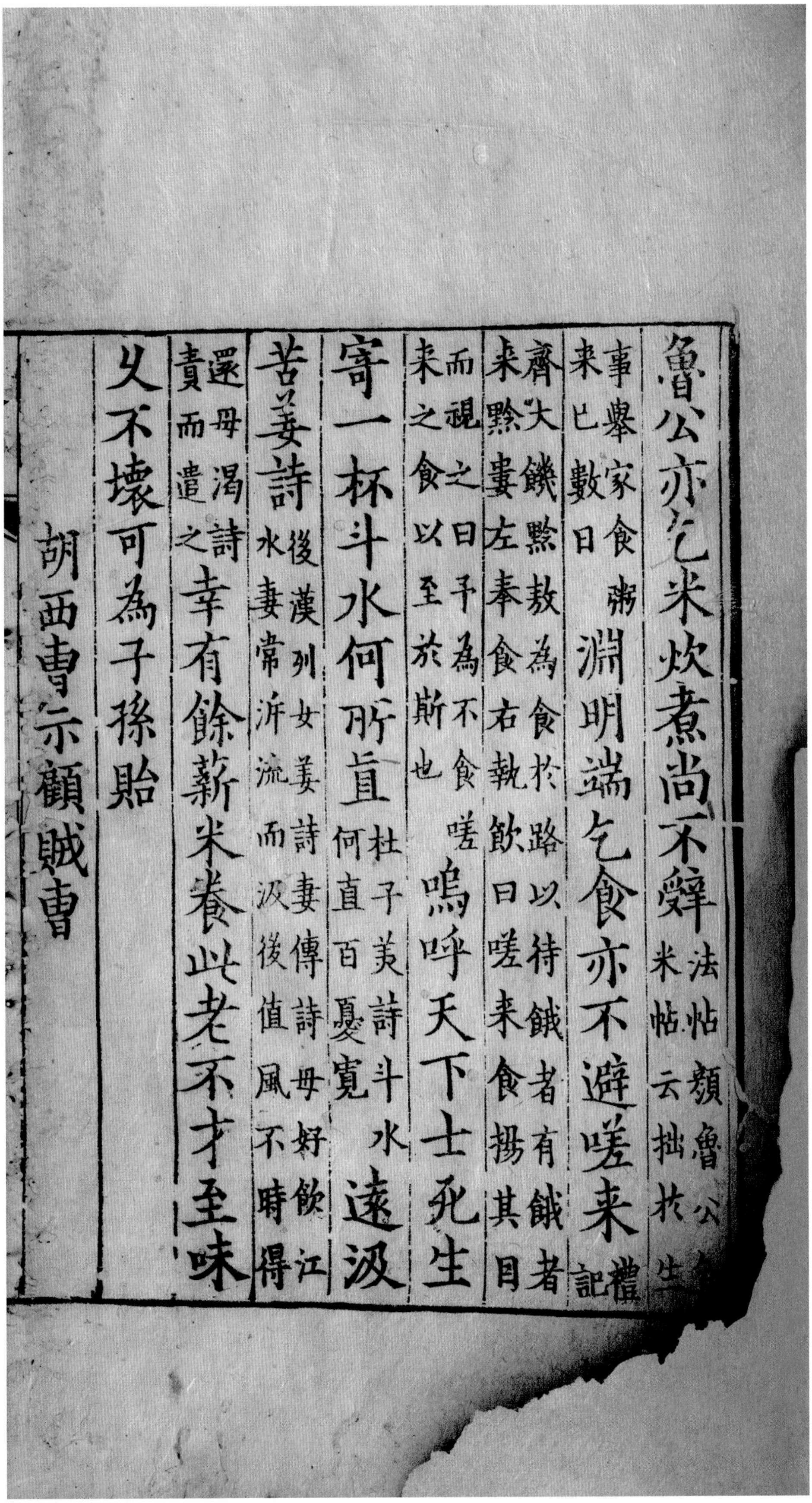
魯公亦乞米炊煮尚不辭（法帖顏魯公乞米帖云拙於生事舉家食粥來已數日）淵明端乞食亦不避嗟來（禮記齊大饑黔敖為食於路以待餓者有餓者來黔婁左奉食右執飲曰嗟來食揚其目而視之曰予為不食嗟來之食以至於斯也）嗚呼天下士死生寄一杯斗水何所直（杜子美詩斗水何直百憂寬）遠汲苦姜詩（後漢列女姜詩妻傳詩母好飲江水妻常泝流而汲後值風不時得還母渴詩責而遣之）幸有餘薪米養此老不才至味久不壞可為子孫貽

胡西曹示顧賊曹

卷四十一《和陶詩》內頁。

長春如稚女杜牧之晚晴賦忽八九之紅芰姹然如婦斂然如女飄

飄倚輕颸文選張平子思玄賦飄飄神舉逞所欲卯酒暈玉

頰白樂天水齋詩卯酒善消愁紅綃卷生衣低顏香自

斂含睇意頗微寧當娣一作配黃菊未肯姒

一作似戎葵爾雅長婦謂稚婦為娣婦娣婦謂長婦為姒誰言此弱

質杜子美新松詩弱質豈自負閱世觀盛衰文選古詩盛衰各有

時頩然疑薄怒文選宋玉神女賦頩薄怒以自持兮曾不可乎犯干

沃盥未可揮左傳僖公二十三年晉公子重耳之秦秦伯納女五人奉

匜沃盥既而揮之瘴雨吹蠻風凋零豈容遲白樂天

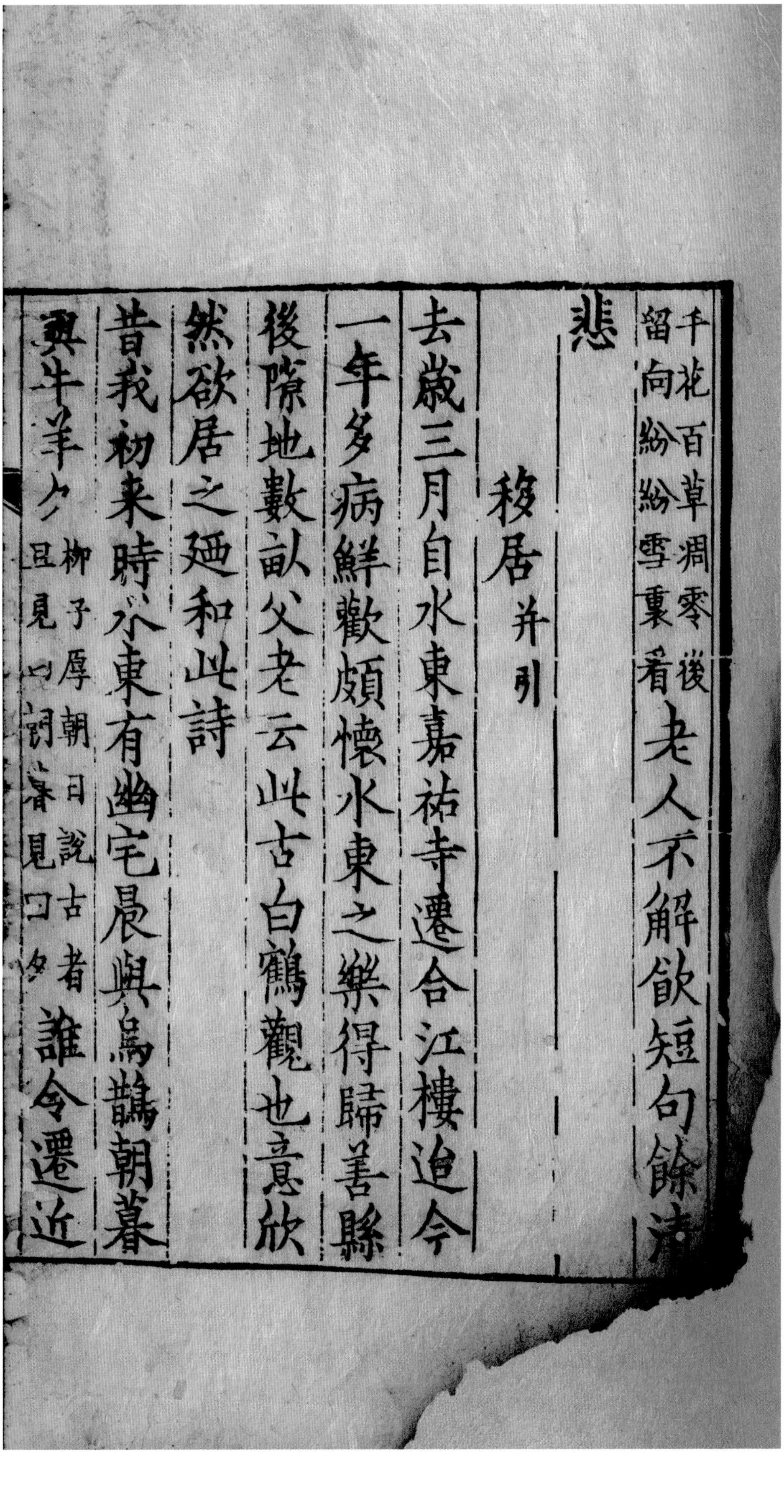

千花百草凋零後留向紛紛雪裏看老人不解飲短句餘清

悲

移居并引

去歲三月自水東嘉祐寺遷合江樓迨今一年多病鮮歡頗懷水東之樂得歸善縣後隙地數畝父老云此古白鶴觀也意欣然欲居之廼和此詩

昔我初來時水東有幽宅晨與烏鵲朝暮與牛羊夕柳子厚朝日說古者旦見曰朝暮見曰夕誰令遷近

卷四十一《和陶詩》內頁。

傳奇的版本

一般古籍的刻印以宋代最早，所以宋版書素有一頁一黃金之價值。因為是珍稀絕品，近年在拍賣會上屢創天價，刷新古籍拍賣的世界記錄。

流傳至今的《註東坡先生詩》有四種版本，分別為翁方綱舊藏十九卷本（嘉定本）、翁同龢舊藏三十二卷本（景定本）、黃丕烈舊藏二卷本（嘉泰本）以及繆荃孫舊藏四卷本。

《註東坡先生詩》，全書四十二卷，目錄上下二卷，年譜一卷。國家圖書館珍藏的焦尾本《註東坡先生詩》十九卷，精選集特別收錄韋力先生珍藏之卷四十一。

這套書刊刻於宋嘉定六年（一二一三年），當時的泰州常平鹽茶司是以公費付梓，因為資金充裕，聘請了善書歐體字的書法家傅穉手寫上版，書法蘊意秀美，刻工精雅明淨，被譽為宋版書中之極品。

這套書距今已八百多年，原書前後護頁上的題記和畫作，依舊曖曖含光。這些寫在磁青紙護頁上的書畫顏料是用「金液銀液」調製的，從明代至今經過十三個主人的遞藏和品鑑，出盡鋒頭，卻又遭受蟲、霉、水、火劫難，流傳過程頗為曲折驚心。

The Legendary Surviving Edition

Surviving numerous calamities, the classic is full of thrilling and astonishing stories.

Publications of the Song Dynasty have always been considered as precious as gold. And the annotated Edition of Dongpo's Poetry, the Jiading Version, has been regarded as divine.

The Annotated Edition of Dongpo's Poetry has four remaining versions: 19 volumes collected by Weng Fanggang (Jiading Version), 2 volumes collected by Huang Pilie (Jiatai Version), 32 volumes collected by Weng Tonghe (Jingding Version) and 4 volumes collected by Miao Quanshun.

The Annotated Edition of Dongpo's Poetry, enshrined at the National Library, was inscribed and published in the sixth year of Jiading (1213) of the Song Dynasty at government expense. The graciously funded edition featured calligraphy by Fu Zhi, a renowned calligrapher and inscriber.

The classic title is now over 800 years old. The dye of inscriptions and illustrations on its black front and back covers was made from gold and silver liquids. Its sheen is still faintly visible today. It has famously survived ample calamities, and has been considered a lore of the print publishing craft of the Song Dynasty.

卷二十九

詩五十八首 時守錢塘

次韻林子中蒜山亭見寄

再和并荅楊次公

次韻劉景文送錢蒙仲三首

菩提寺南漪堂杜鵑花

題楊次公春蘭

題次公蕙

謝關景仁送紅梅栽二首

辯才老師退居龍井不復出入

余往見之嘗出至風篁嶺

左右驚曰遠公復過虎谿

矣辯才笑曰杜子美不云

乎與子成二老來往亦風

流因作亭嶺上名曰過谿

亦曰二老謹次辯才韻

《註東坡先生詩》目錄下。

熙寧中軾通守此郡除夜直都
廳囚繫皆滿日暮不得返
舍因題一詩于壁今二十
年矣衰病之餘復忝郡寄
再經除夜庭事蕭然三圄
皆空盖同僚之力非拙朽
所致因和前篇呈公濟子
侼二通守

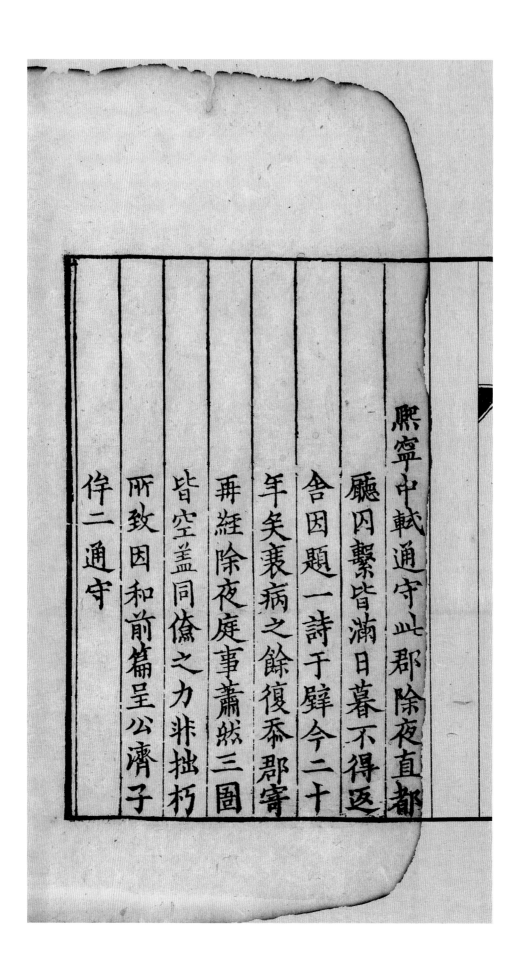

遊寶雲寺得唐彥猷為杭州日
送客舟中手書一絕句云
山雨霏微不滿空畫船来
往疾輕鴻誰知獨卧朱簾
裏一榻無塵四面風明日
送彥猷之子坰赴鄂州舟
中遇微雨感歎前事因和
其韻作兩首送之且歸其

《註東坡先生詩》目錄下。

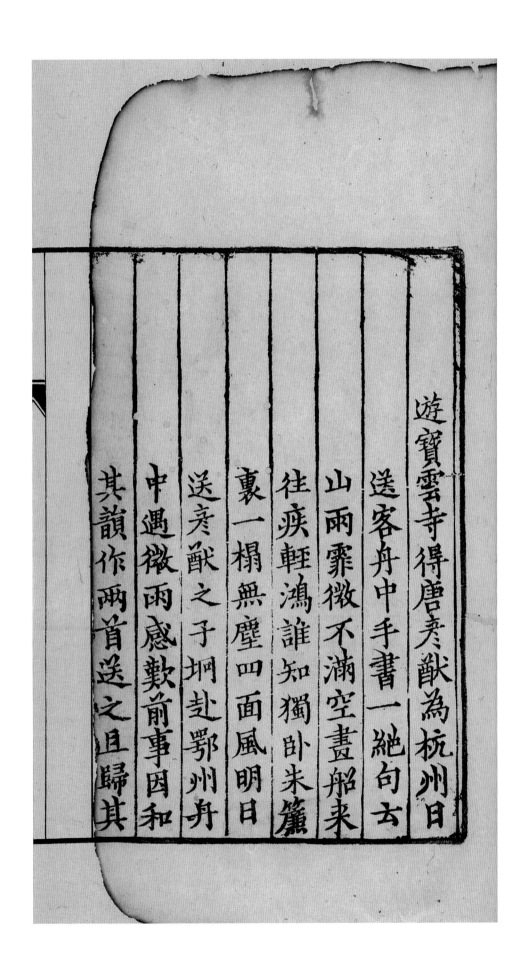

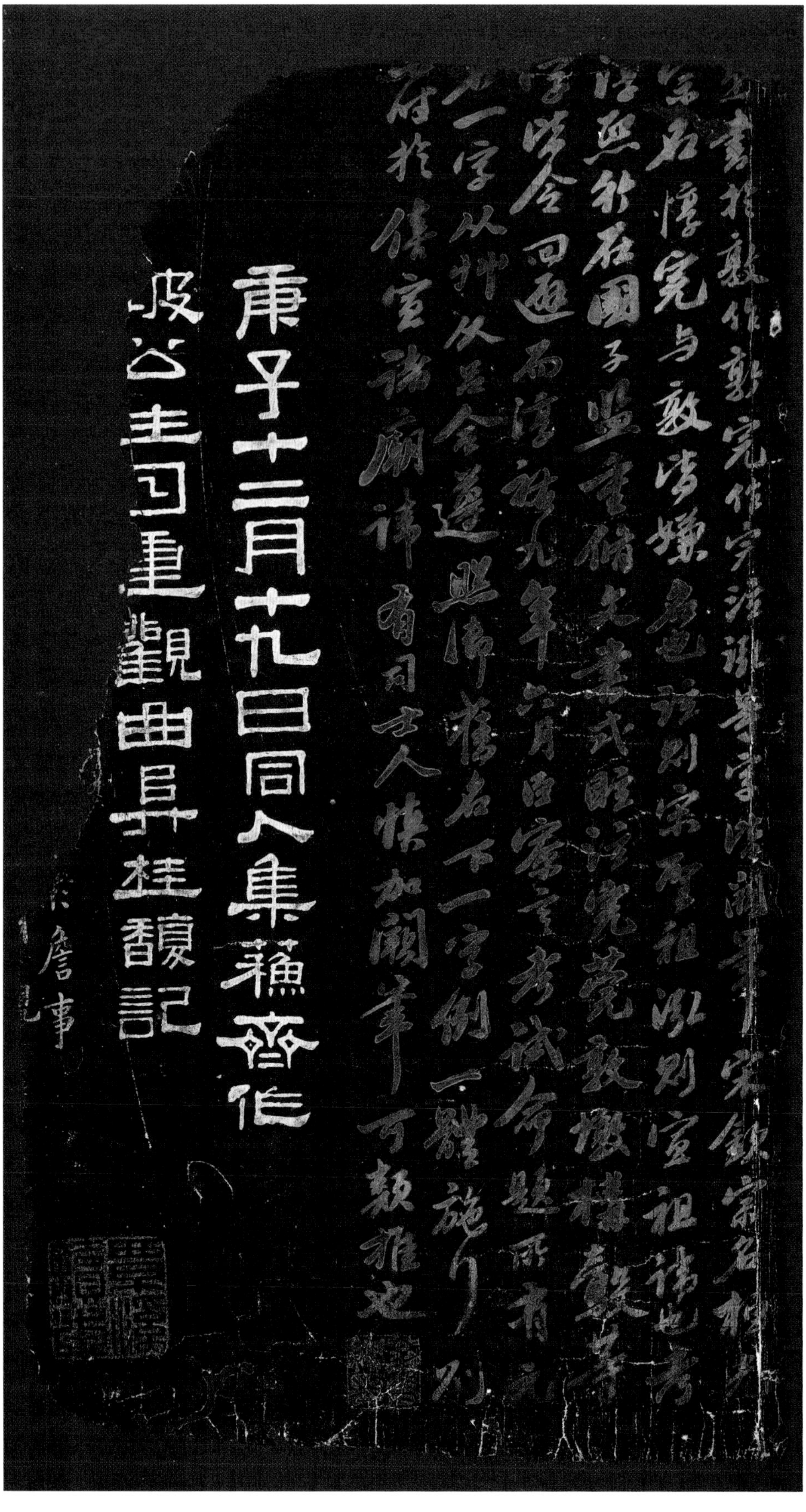
庚子十二月十九日同人集藕齋作

翁方綱題記（銀液）。桂馥題記（金液）。卷三前護葉。

張祥河金液繪菊。卷三後護葉。

寶蕴室中重蓮筆龍池霹靂鷲卓絕殿臚皆好辨古篇天關
劉藻邪可說當年証辭吳興施余家漫莊曰為之編平嘉祐遂紹興畫
目乃見眉山詩䟦行舊當承嘉牢區瓦别顆今睢眇張非龜齡收橫
決顛倒天吳識春硒元之考訂數大綸決精獨奧留真詮踐跡改館
令留慕禾痕美今噎炯久閎錄版宋嘉春森精書鐵畫殿虎怪幗刼
指献倉曹廳絕少流傳六百載錫虞山秘所藏錦澤何灾得舌舌四十
二鳥關十三迴挫藝昇陳高畫魯弦薛鼓百遭茆印白革三乘辭勾逸仍事
鼚爭漫補之卿便前賢本真生門生紫几級畫殘五軍澝人釶鉤收瀾
二知主告訓謨平肩思真雜掌懽先生粹鑒黄魚得宋本妙善兩印
是西波舊曰書如亍追取霎靈羅縣木雅山海絰先堂奧博羅旻辰苦
妖魅窠并堅及汗漫運糁詁爭衡分嗟鐔洋不能子錯紉繒緘畫灸
手其香竹繫存其真不許傳疑子戴没渭南一序典藝林雅詩
深心厚致罏祐有得呼嗟玉局真知音 元和後學頱宗泰謹題
鯊魚寺
三

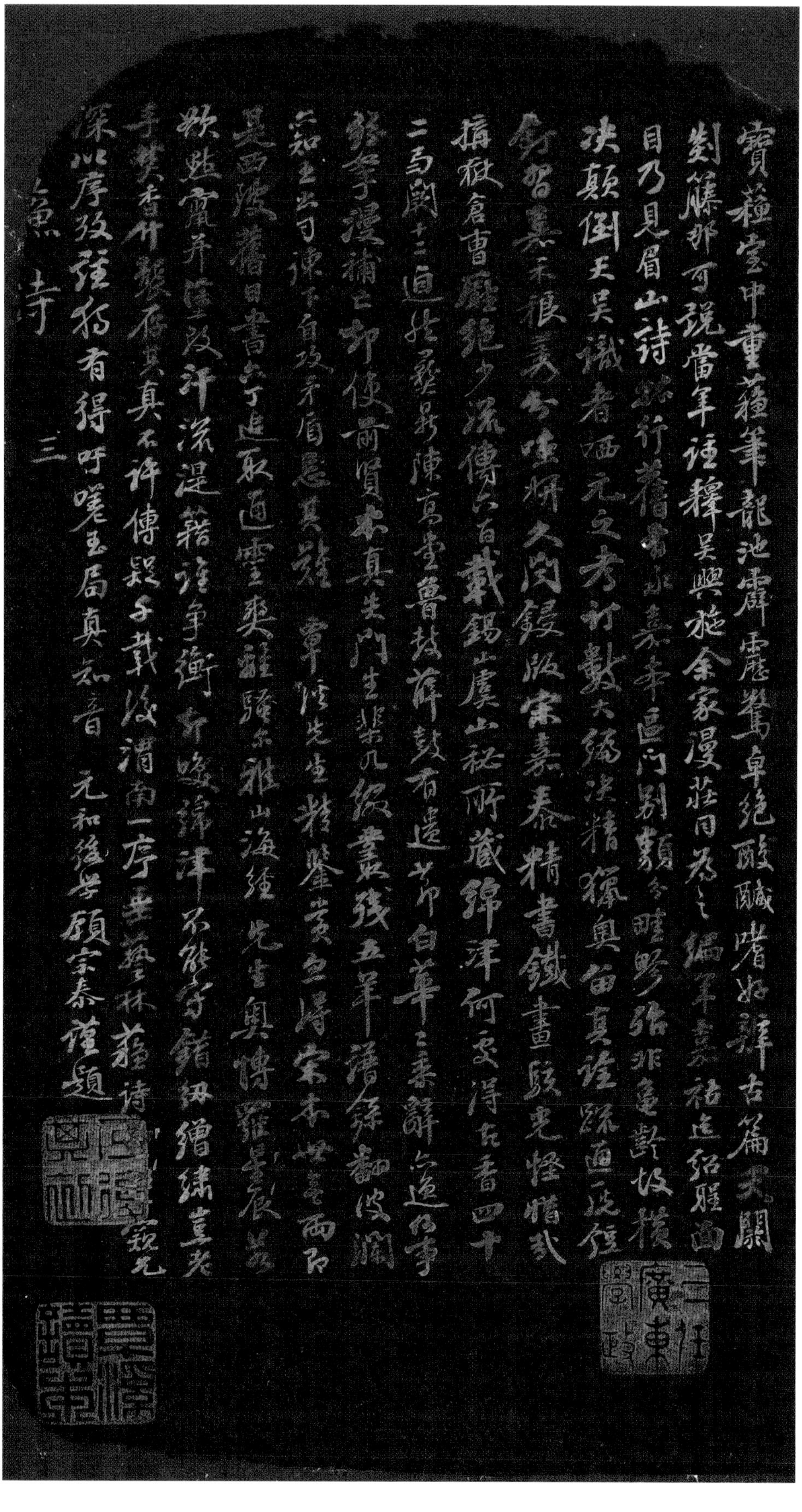

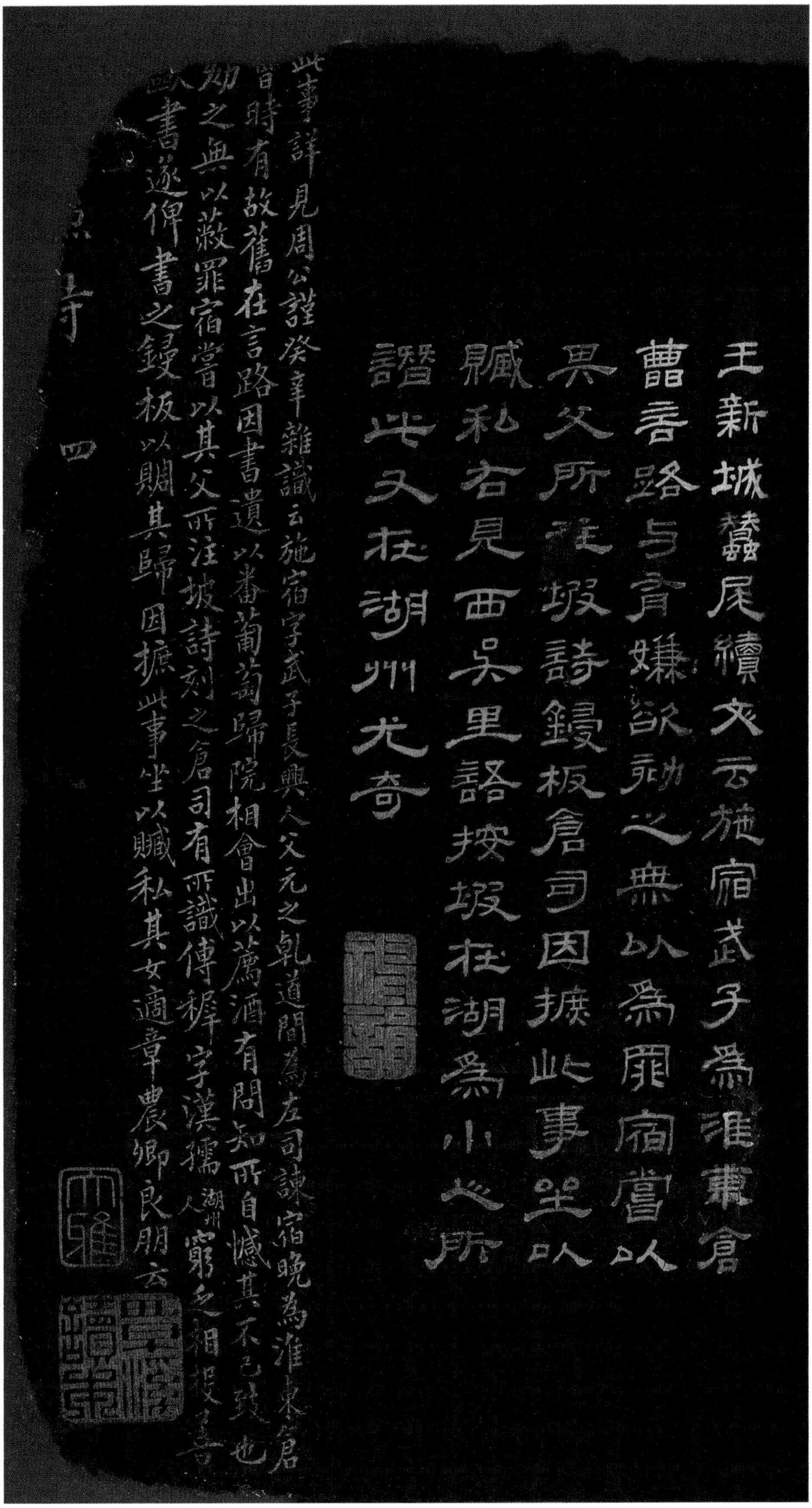
王新城蠶尾續文云施宿武子為淮東倉
曹善路與育嫌欲劾之無以爲罪宿嘗以
其父所注坡詩鏤板倉司因摭此事坐以
贓私右見西吳里語按坡在湖爲小人所
譖此又在湖州尤奇
此事詳見周公謹癸辛雜識云施宿字武子長興人父元之乾道間為左司諫宿晚為淮東倉
曹時有故舊在言路因書遺以番葡萄歸院相會出以薦酒有問知所自憾其不己致也
劾之無以蔽罪宿嘗以其父所注坡詩刻之倉司有所識傅稺字漢孺湖州人
因書遂俾書之鏤板以賙其歸因摭此事坐以贓私其女適章農卿良朋云

顧宗泰題記。卷四前護葉，銀液書。

翁方綱題記。卷七前護葉，銀液書。

庚戌十二月十九日坡公生日用彭城放鶴亭故事作蘇齋圖此蘇齋得名之始也　方綱記　圖在第十三卷

漁詩　五

乾隆丁酉首七日益都李文藻觀

是日同南澗觀書

嘉定錢坫也

辛丑孟夏吳縣陸恭順德張錦芳同觀

庚戌十二月十九日過蘇齋作坡公生日因觀商邱陳崇本

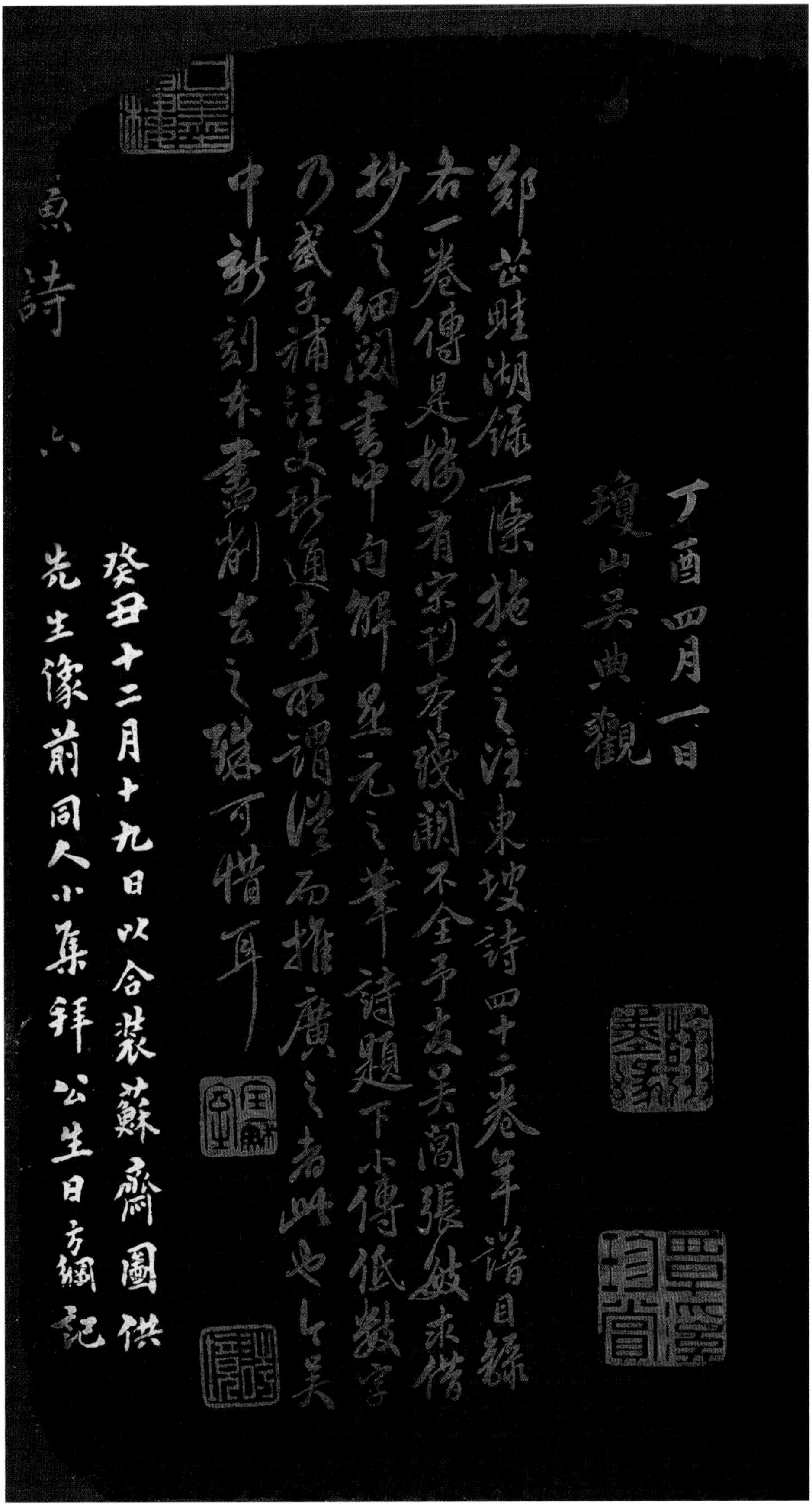

翁方綱、李文藻、錢坫、張錦芳、陳崇本題記。卷十前護葉，金液書。

吳典、翁方綱題記。卷十一前護葉，銀液書。

唐宋元明本未完到商邱又
到長安青山外樹雲邊月
處端宜缺處看奉誠池館年橋花看到
子孫能幾家詩境重開天一閣萬條書帶
長新茅戊戌七月鉛山蔣士銓題
記吾敗蒲翻覆試尋看武陵洞口寫桃花皆向江頭認釣家
汲玉堂香一炷与君息息條黃茅
予亦藏蘊書天際烏雲帖昨寄蘊山樂石
于揚州君在揚未之見也將之詩勒帖尾坡
蘊詩 七
道光己亥年十月孝感喬用遷
韓城王篤同觀於寶琴齋
次心修編循謂

翁方綱（銀液）、蔣士銓、王篤（金液）題記。卷十二前護葉。

樂之繪竹。卷十一後護葉，金液。

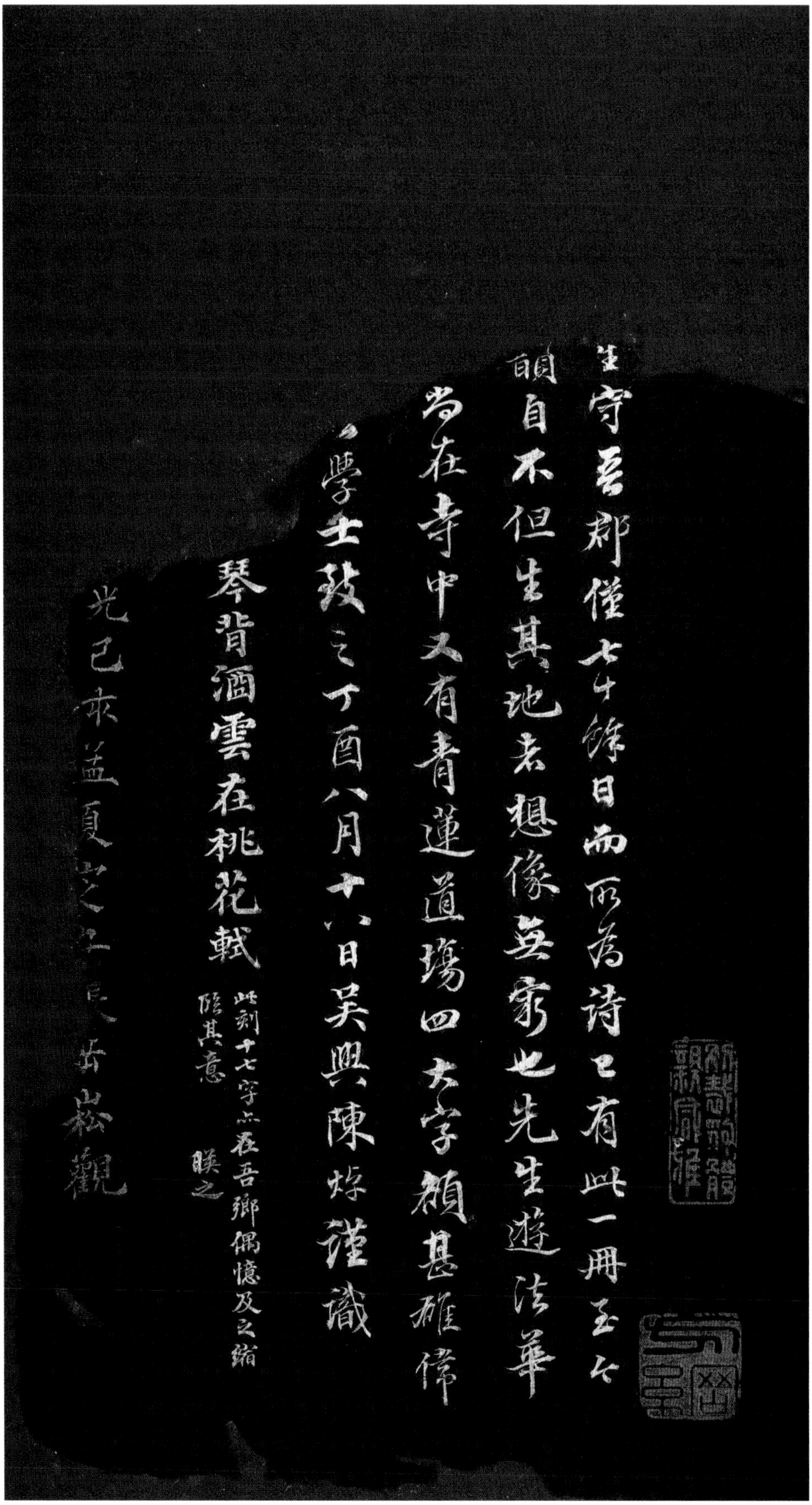
生守吾郡僅七十餘日而所為詩已有此一冊至今
頁自不但生其地者想像英豪也先生遊法華
尚在寺中又有青蓮道場四大字頗甚雄偉
學士跋之丁酉八月十八日吳興陳焯謹識
琴背酒雲在桃花軾
此刻十七字亦在吾鄉偶憶及之緒
臨其意
睽之
光己亥孟夏
山崧觀

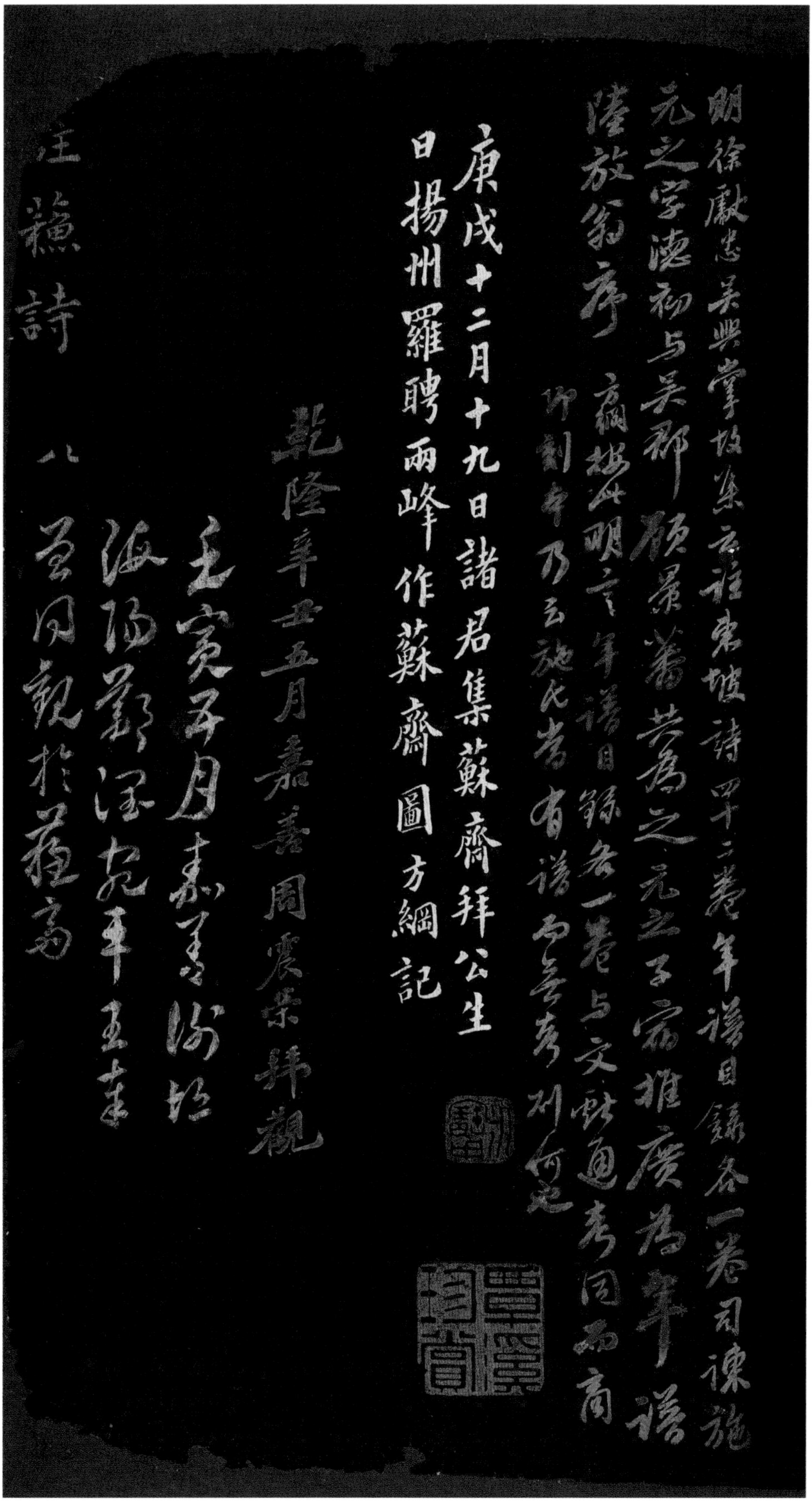

陳焯（金液）、張岳崧（銀液）題記。卷十五前護葉。

翁方綱（金液）、周震榮（銀液）、王奉曾（金液）題記。卷十三前護葉。

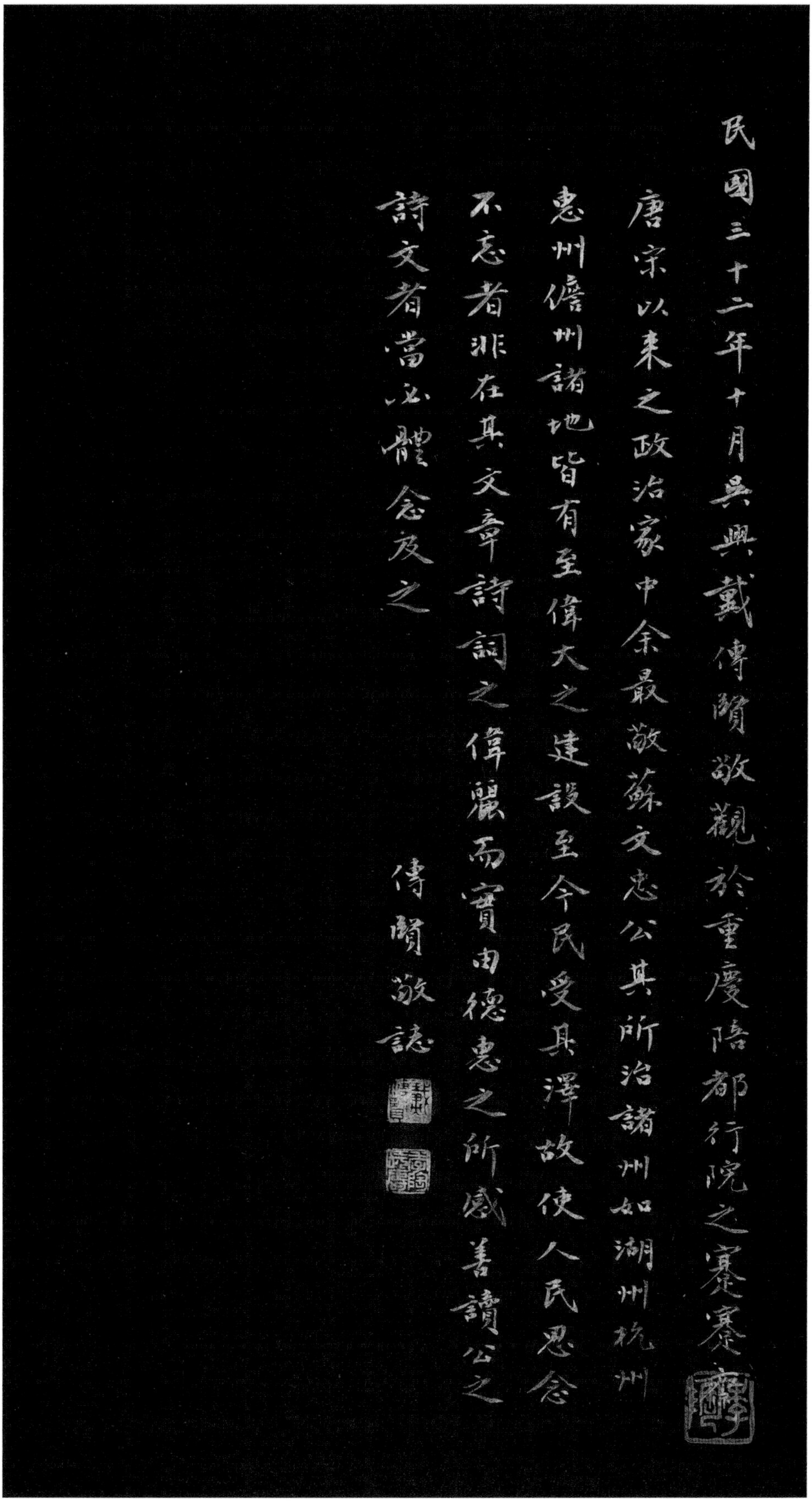

民國三十二年十月吳興戴傳賢敬觀於重慶陪都行院之蹇蹇

唐宋以來之政治家中余最敬蘇文忠公其所治諸州如湖州杭州惠州儋州諸地皆有至偉大之建設至今民受其澤故使人民思念不忘者非在其文章詩詞之偉麗而實由德惠之所感善讀公之詩文者當必體念及之

傳賢敬誌

佚名金液繪蘭。卷十五後護葉。

戴傳賢題記。卷三前護葉，金液書。

五月一日滁州王
馬沅潘鐸溫肇江蓀淳同觀於
齋 肇江作畫蓀淳題記

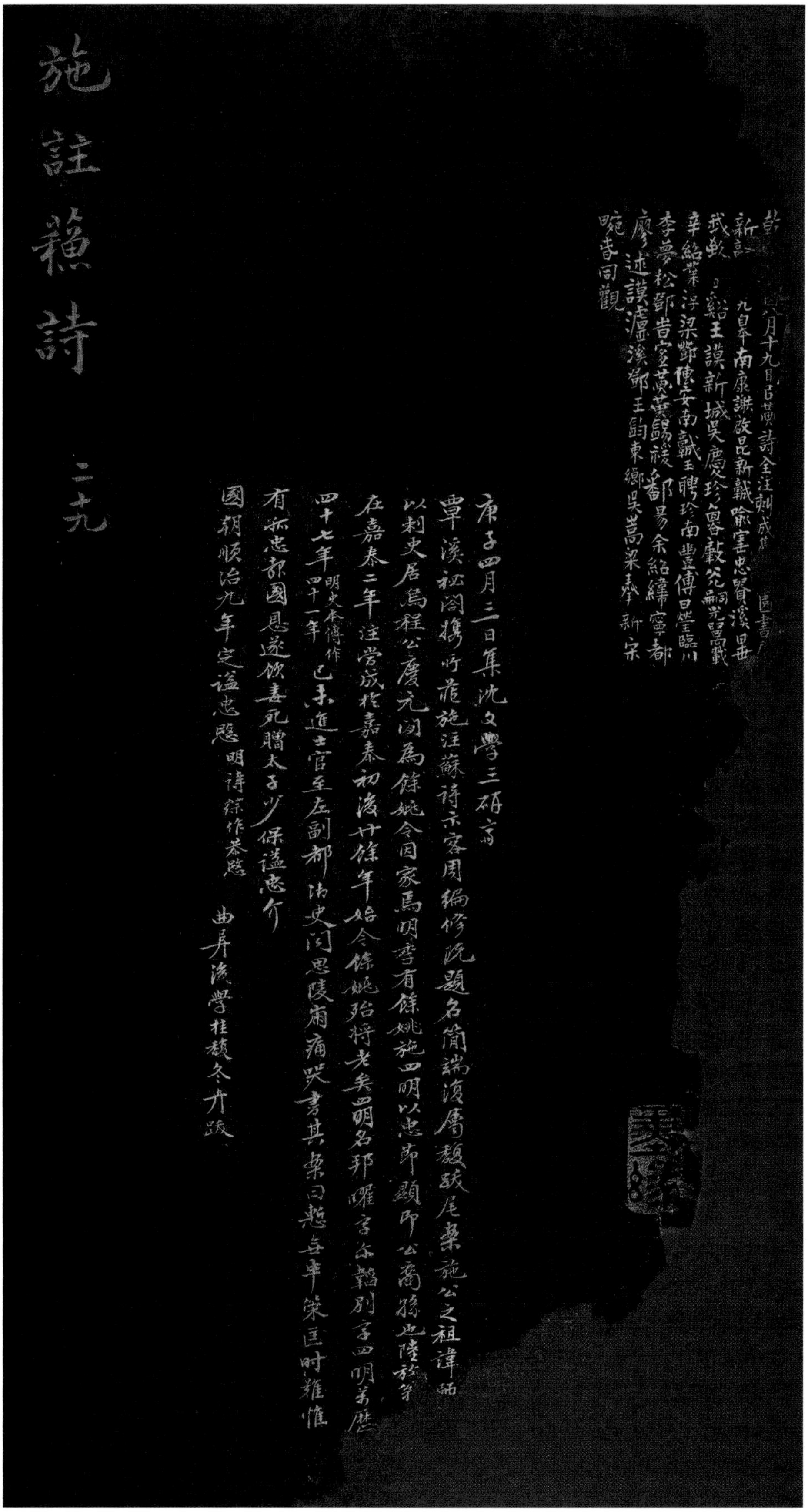

溫肇江金液繪山水，宋葆淳題記。卷二十九後護葉。

吳嵩梁、宋畹春等同觀（銀液），桂馥（金液）題記。卷三十七前護葉。

士招同張瘦銅舍人萬華其
同文學集蘇齋觀陳鴻賓題
金陵後學王友亮敬觀

小本蘇詩者久矣孔隆辛丑十二月
日因得展觀時將請假南
識於語以詝後緣懍

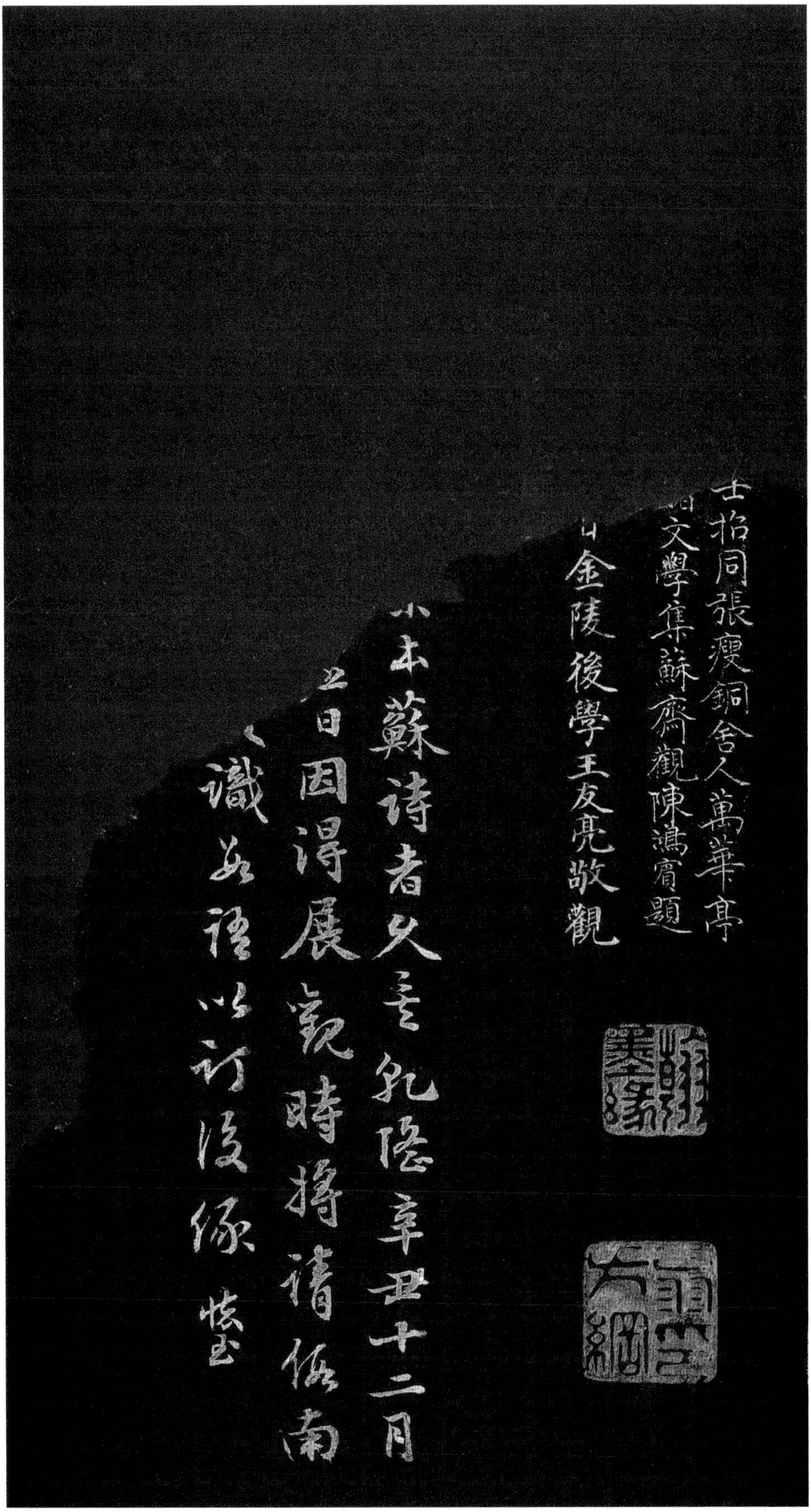

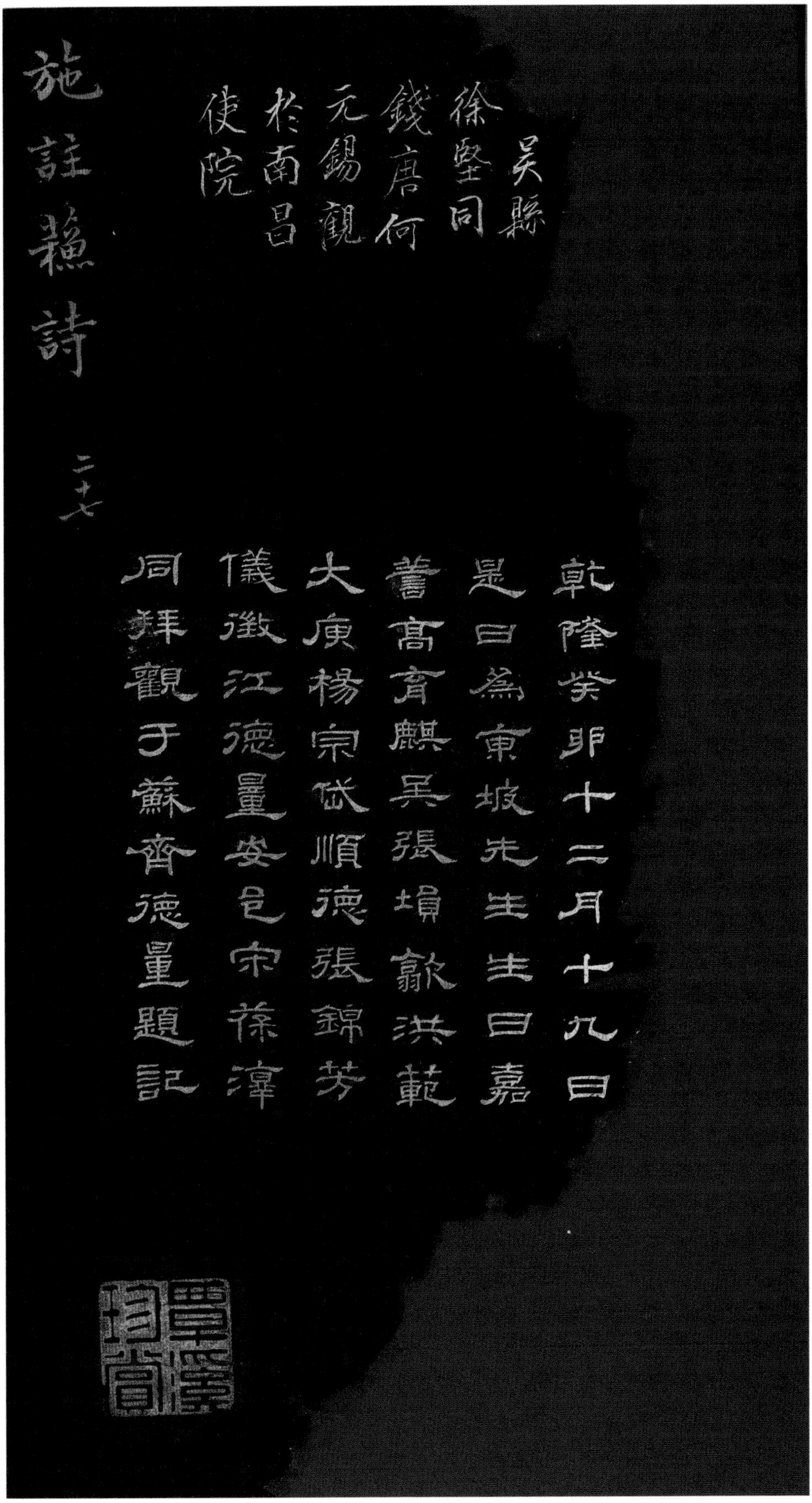
吳縣
徐堅同
錢唐何
元錫觀
於南昌
使院

乾隆癸卯十二月十九日
是日為東坡先生生日嘉
善高育麒吳張塤歙洪範
大庾楊宗岱順德張錦芳
儀徵江德量安邑宋葆淳
同拜觀于蘇齋德量題記

施註蘇詩 二十七

陳鴻賓、王友亮、趙懷玉題記。卷十八前護葉，銀液書。。

何元錫、江德量題記。卷三十四前護葉，金液書。

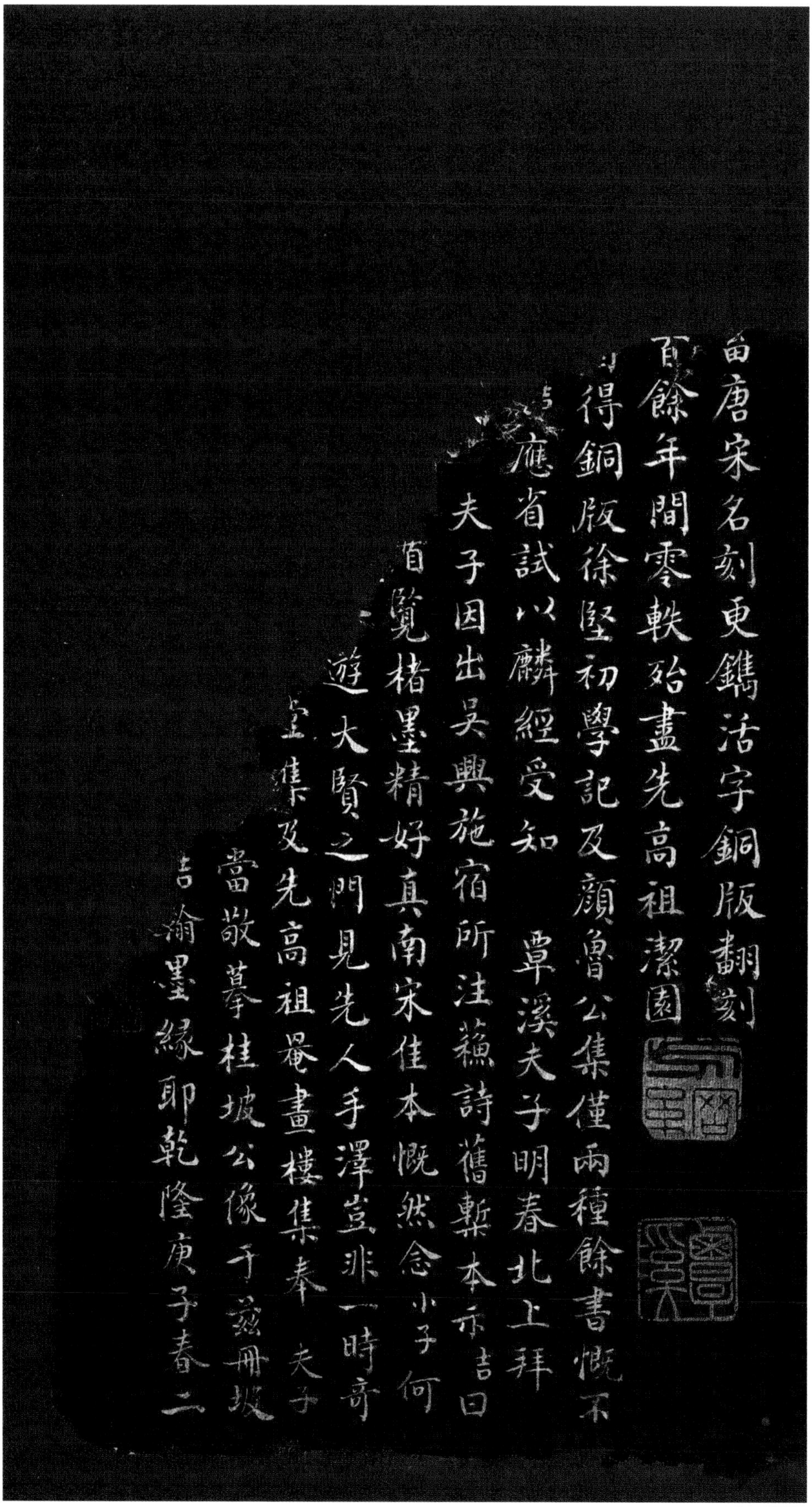
留唐宋名刻更鐫活字銅版翻刻
百餘年間零軼殆盡先高祖潔園
得銅版徐堅初學記及顏魯公集僅兩種餘書慨不
應省試以麟經受知　覃溪夫子明春北上拜
夫子因出吳興施宿所注蘇詩舊槧本示吉曰
賞覽楮墨精好真南宋佳本慨然念小子何
遊大賢之門見先人手澤豈非一時奇
室集及先高祖罨畫樓集奉　夫子
當敬摹桂坡公像于茲冊坂
吉渝墨緣耶乾隆庚子春二

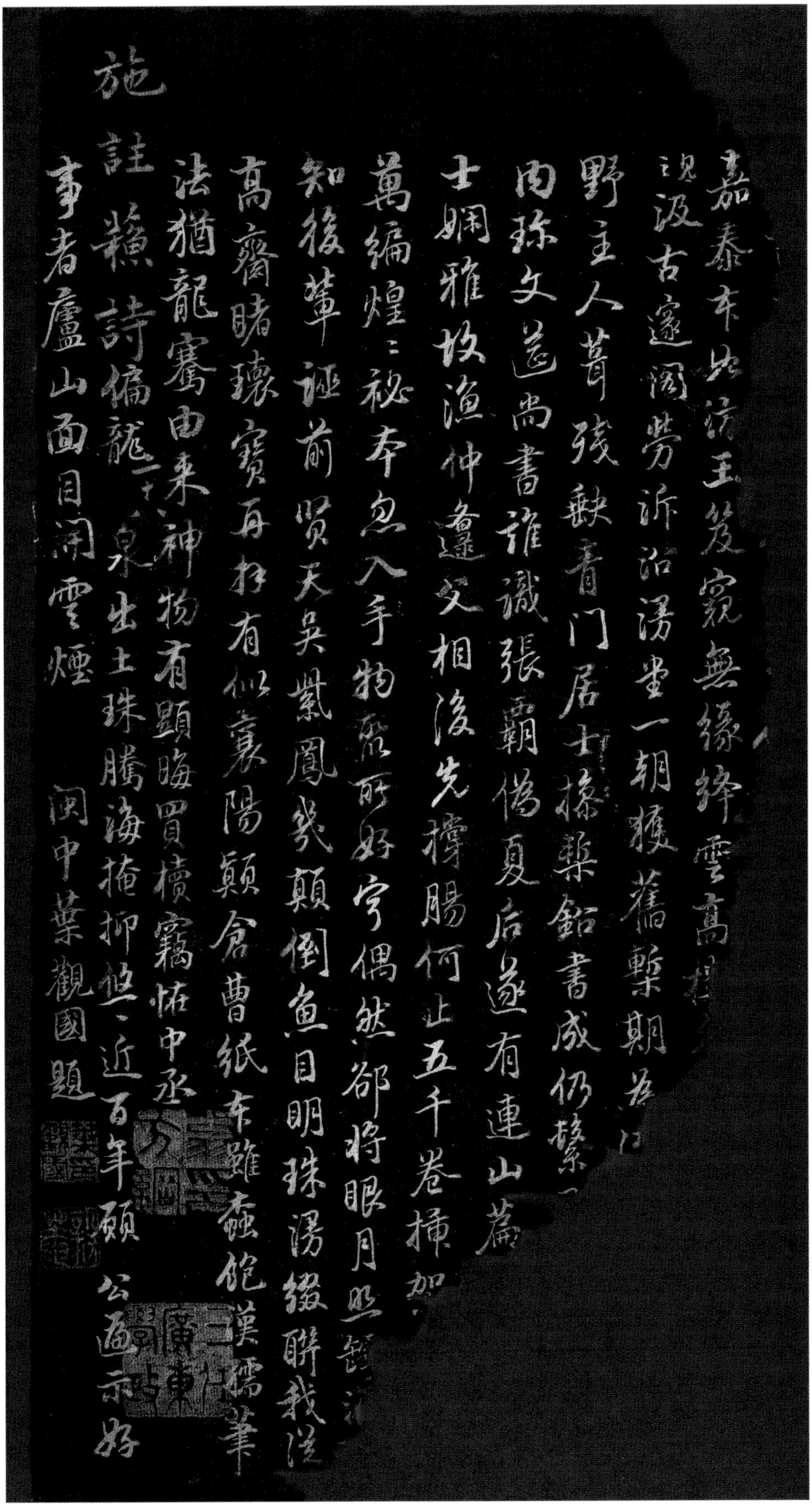

安吉題記。卷十九前護葉，銀液書。

葉觀國題記。卷三十八前護葉，銀液書。

施註蘇詩

二十五

汪業八十四

石谷觳人石農漢陶鈺

夫葯房焠吏芝山同集

蘇齋聽琴賦詩捧

先生生日鼓琴者慕

陶高育麒後至者觳

人吳錫麒也

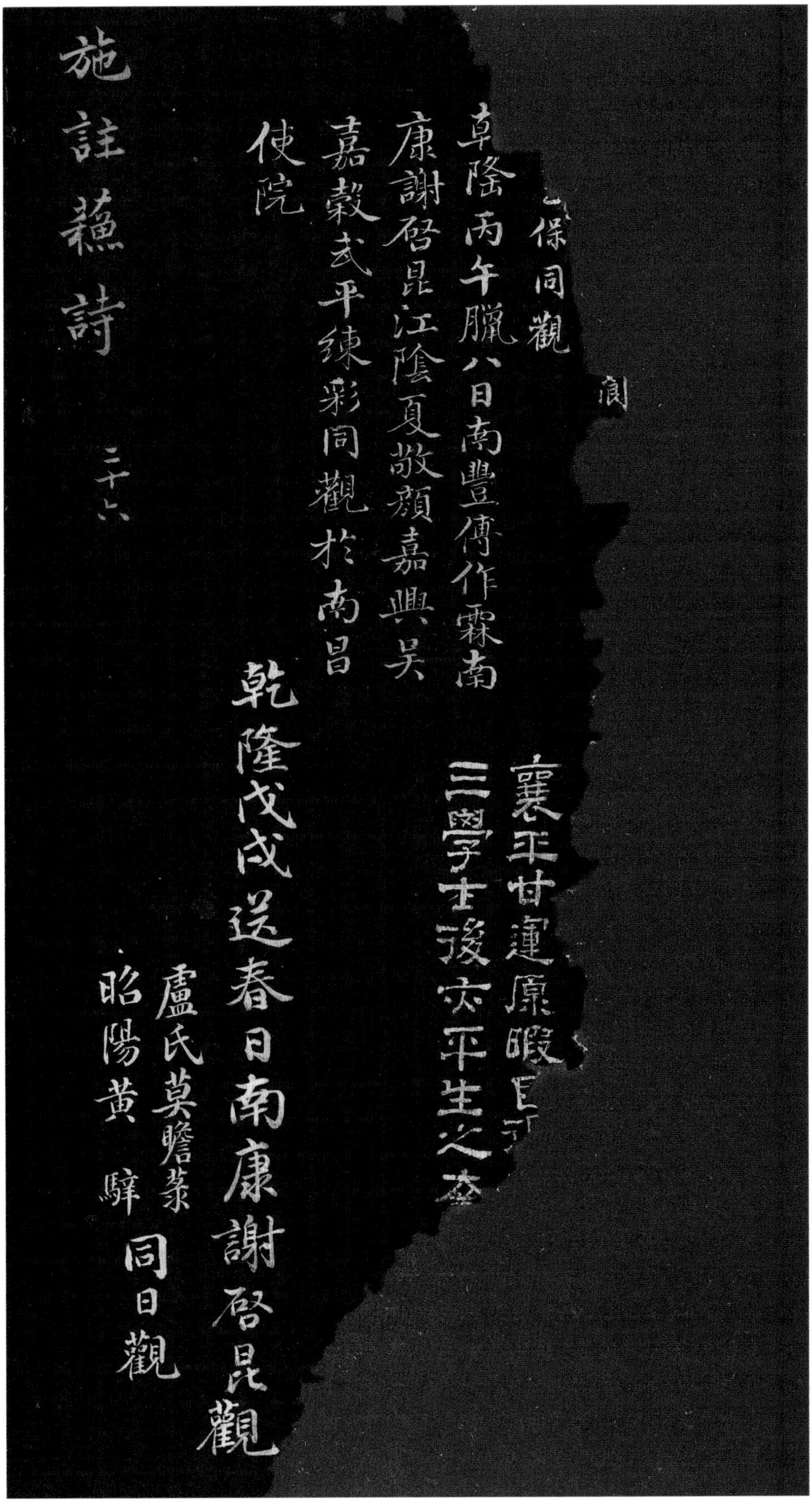

吳錫麒題記。卷三十二前護葉，金液書。

練彩、謝啓昆、黃騂題記。卷三十三前護葉，金液書。

施註蘇詩 三十

曩在韓江小玲瓏山館見宋雕歐陽公集凡四閱茲遊京師又見公集正如米老所云臨紙想見風采乾隆丁酉八月十有八日黃易在覃溪學士詩境軒題是日得漢石經殘字二幅

黃易題記。卷四十一前護葉，金液書。

顧蒓金液繪梅。（顧蒓爲清代學者、著名書畫、藏書家，與黃丕烈私交甚篤）卷四十一後護葉。

傳奇的祝祭

由於這套書印行頗費工料，元、明兩代並未普及翻印。從書中的藏書章來看，此書最早由明代的安國、毛晉收藏，清初由宋犖、揆敘遞藏，乾隆年間，大書法家翁方綱購得此書，視為鎮宅之寶，將書齋名為「寶蘇齋」，得書的第三天正好是蘇東坡的生日，特別邀請了桂馥、伊秉綬、姚鼐、錢大昕等好友，焚香設宴拜祭東坡和此書。此後每年的農曆十二月十九日東坡生日時，都會舉行這樣的祭書儀式。

這些名流雅士聚在一起鑑賞珍藏，題跋賦詩、歌詠讚嘆，因此書上名人的印鑑幾乎蓋滿，還在前後護頁留下豐富的作品；這部書也因這些雅好金石、書畫的文人或題詩作畫或點評題跋，共同成就了非凡的藝術價值。

The Legendary Worship

Following Weng Fanggang, literary friends would gather on the 19th day of December of Lunar calendar, Su Dongpo's birthday, to honor him.

The classic was first collected by An Guo and Mao Jing in the Ming Dynasty, and then by Song Luoh and Kui Xu in the Qing Dynasty. During the reign of Emperor Qianlong, a great calligrapher by the name of Weng Fanggang purchased the classic and cherished it very much. The third day after his purchase happened to be Su Dongpo's birthday. So he invited his best friends, Gui Fu, Yi Bingshou, Yao Nai, Qian Daxing, and others to burn incense, hold a banquet, write postscripts, and compose poems to pay their tribute to the classic.

Following the example of Weng Fanggang, literary friends would gather on the 19th day of December of Lunar calendar, Su Dongpo's birthday, to honor him, thus leaving behind them a great deal of literary compositions and enhancing the artistic value of the classic.

宋南陽陳鵠耆舊續聞載趙右史家有顧禧景蕃補注東坡長短
句真蹟云按唐人詞舊本作試教彈作忽雷聲蓋樂府雜錄云康崑
崙嘗見一女郎彈琵琶嘗聲如雷而文宗內庫有二琵琶號大忽雷
小忽雷鄭中丞嘗彈之今本作輥雷者而傳辨注亦以輥雷為程考
之傳記無有又云余頃於鄭公實處見東坡親蹟書卜算子云寂莫
沙汀冷今本作楓落吳江冷詞意全不相屬也又南柯子云遊人都上
十三樓不羨竹西歌吹古揚州十三間樓在錢唐西湖北山此詞在錢
唐作舊注云汴京有十三樓非也又云曩見陸辰州語余以賀新郎詞
用榴花事乃妾名也某嘗深攷近觀顧景蕃續注因悟東坡詞
中用白團扇瑤臺曲皆侍妾故事按此則景蕃不獨與施氏合注
東坡詩且注其詞也曰補注續注或因注詩而續之補之耳

伯榮

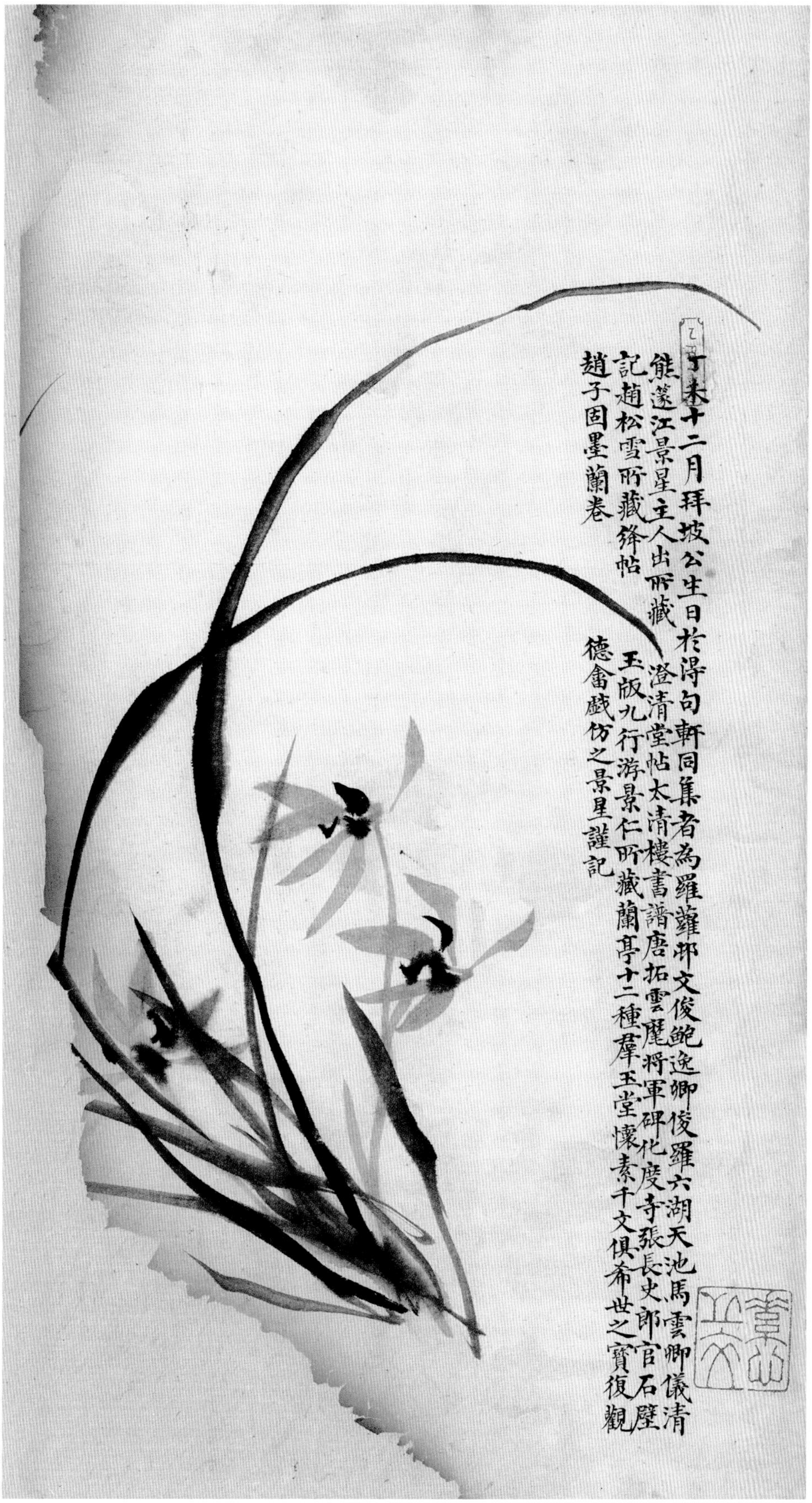
丁未十二月拜坡公生日於得句軒同集者為羅蘿邨文俊鮑逸卿俊羅六湖天池馬雲卿儀清
能遂江景星主人出所藏澄清堂帖太清樓書譜唐拓雲麾將軍碑化度寺張長史郎官石壁
記趙松雪所藏絳帖玉版九行游景仁所藏蘭亭十二種羣玉堂懷素千文俱希世之寶復觀
趙子固墨蘭卷德畬戲仿之景星謹記

吳伯榮題記，卷三後副葉，墨書。

潘仕成繪蘭，景星題記。目錄下後副葉，墨繪。

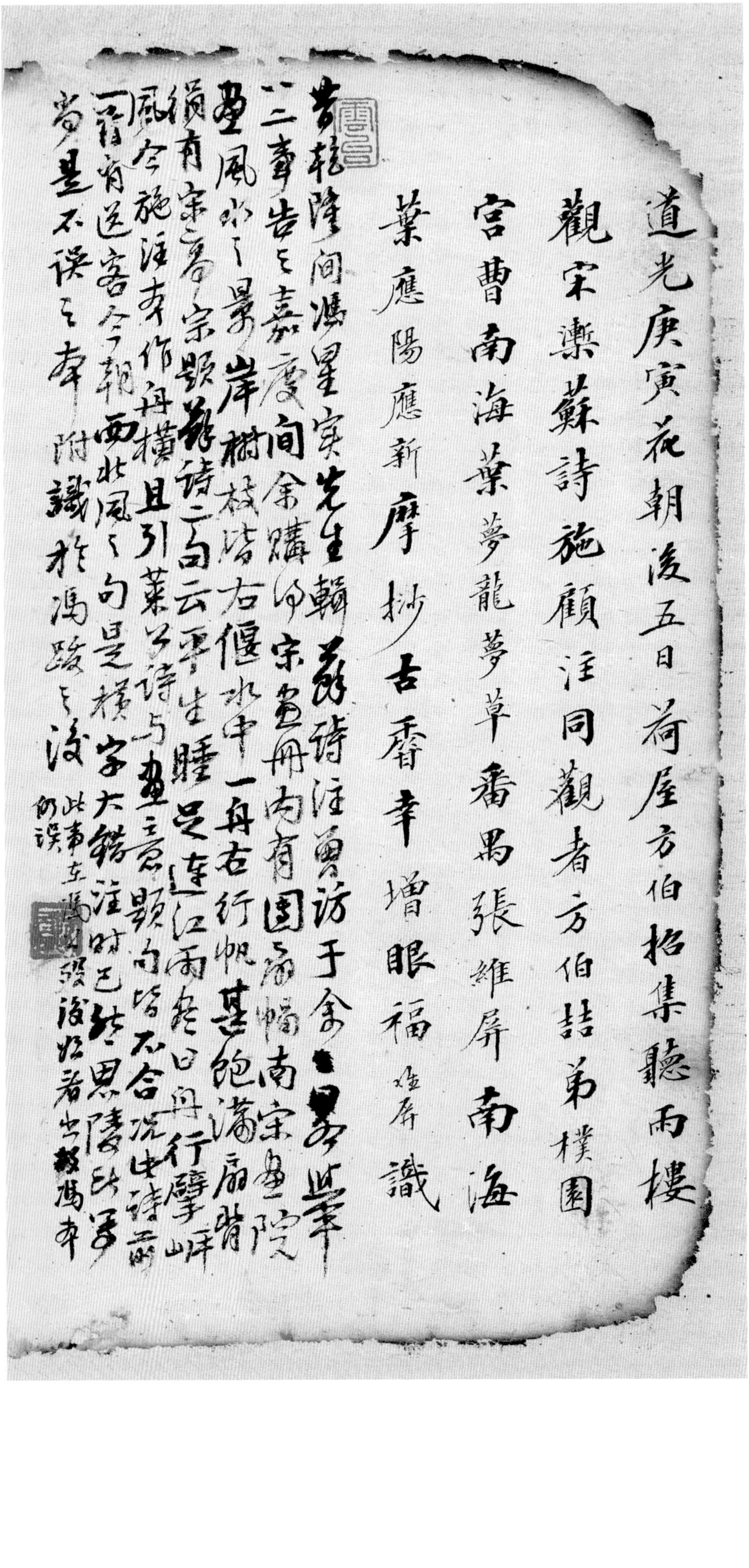

道光庚寅花朝後五日荷屋方伯招集聽雨樓
觀宋槧蘇詩施顧注同觀者方伯喆弟樸園
宮曹南海葉夢龍夢草番禺張維屏南海
葉應陽應新摩挲古香幸增眼福　維屏識

昔乾隆間馮星實先生輯蘇詩注曾訪于翁覃溪此本
以二本告之嘉慶間余購得宋畫冊內有團扇一幅南宋畫院
畫風水之景岸樹枝皆右偃水中一舟右行帆甚飽滿扇背
須有宋高宗題蘇詩二句云平生睡足連江雨盡日舟行擘山屏
風今施注本作舟橫且引萊公詩與畫意題句皆不合況此詩前
一聯有送客今朝西北風之句是橫字大錯注時已然思陵所寫
當是不誤之本　附識於馮跋之後
此本在馮跋後始著也故馮本仍誤

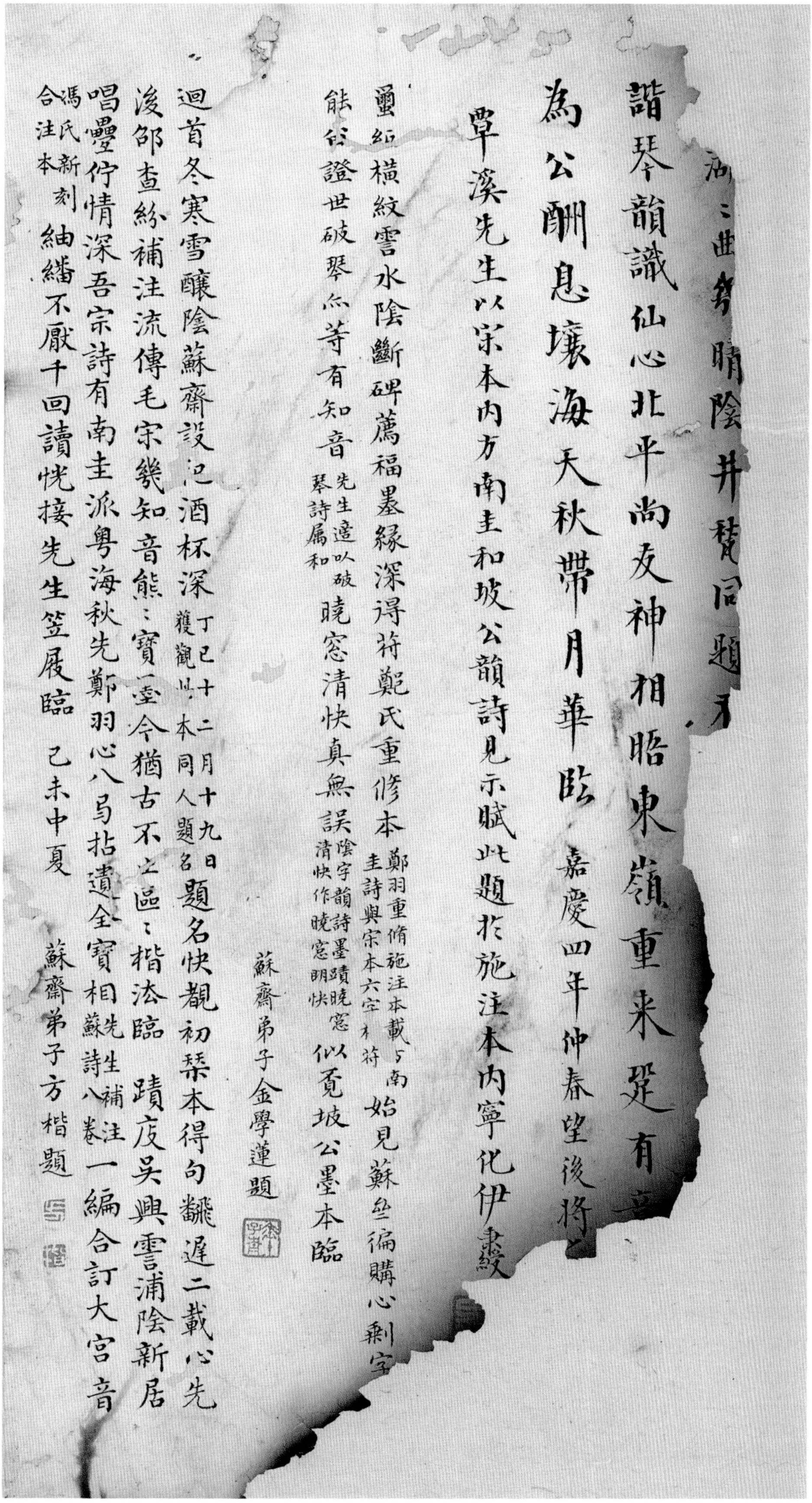

方伯邀集聽雨樓觀書題記。阮元題記。卷十二前副葉，墨書。

伊秉綬、金學蓮、方楷題記。目錄前副葉，墨書。

部 何心錯同鑄吳興山水接吳郡多少
……扌……英雪佔來護析薪肩荷倉曹賢補綴低行得依據松煙棗版
童借十八官剾大著為期鄧々極壽先業豈僅訓纁恤貧故風雨苫庵老學尊文章法乳眉山付
言空先後快提弁序酬武子詩贈傅如何景定鄭吳門遽抱遺編嘆漫洹六十年纔電去疾七萬
字同星炳附印本鶖逢鄭補前初脫於木神采具甸々錫山桂坡老實始收藏等瓊璐迭經毛宋幾
瀹蕭直待蘇齋叢稿錮歸依今得南海公古藥英々壁書庫當時蘇齋拜生日年々踏雪我公
與雙屐一笠神來思兩施一顧祀應酎七百載閱滄桑多卅一卷猶星鳳翥今晨秋館跡雨歌為
展檀函古香赴我公嗜古重表微何不重將貞木鋸一為雪堂張羽龔寡止西陂糾繆誤我聯蹇
劣如策駑倘許校讐勤掃蠹坡詞補注竟零落莫由合併同谿露爭傳鐵綽大江東誰解忽
雷長短句　道光十五年仲秋月晦日
荷屋中丞丈人出所藏宋槧本蘇詩施顧合注拜觀之餘敬成長句越日季秋月丁亥朔謹録於第三
卷之副紙　道州何紹基時年三十有七
烏程王獻　寗鄉黃本驥同觀
道光乙未穠杪吳鍾駿敬觀
道光乙未九月古蓼王庭蘭敬觀
衡英旃蒙協洽无月龔維琳敬䕼

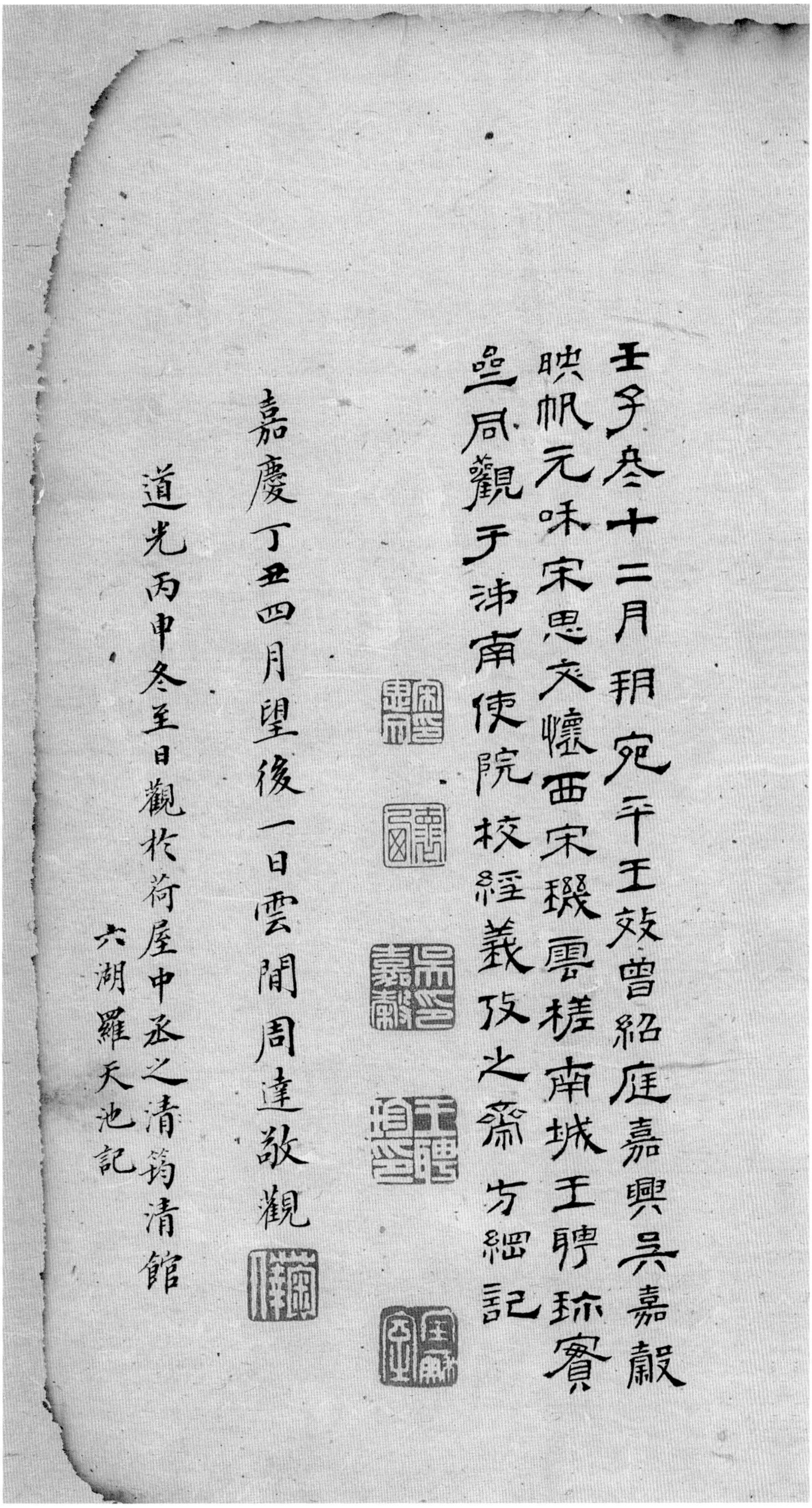
壬子冬十二月朔宛平王效曾紹庭嘉興吳嘉穀
映帆元味宋思文懷西宋璣雲楂南城王聘珍賓
並同觀于沛南使院校經義攷之齋 方綱記
嘉慶丁丑四月望後一日雲間周達敬觀
道光丙申冬至日觀於荷屋中丞之清筠清館
六湖羅天池記

何紹基、吳鍾駿、黃本驥、王庭蘭、龔維琳題記。卷三前護葉，墨書。

翁方綱、周達、羅天池題記。卷十後副葉，墨書。

嘉慶丁巳十二月十九日於蘇齋拜
東坡生日揚州羅聘武進趙懷玉長
白法式善吳縣石韞玉宣城方楷同觀
嘉慶壬申九月二十八日朝鮮書
狀官宏文學士申緯舉人柳最寬
同觀

崇仁袁傳箕同觀

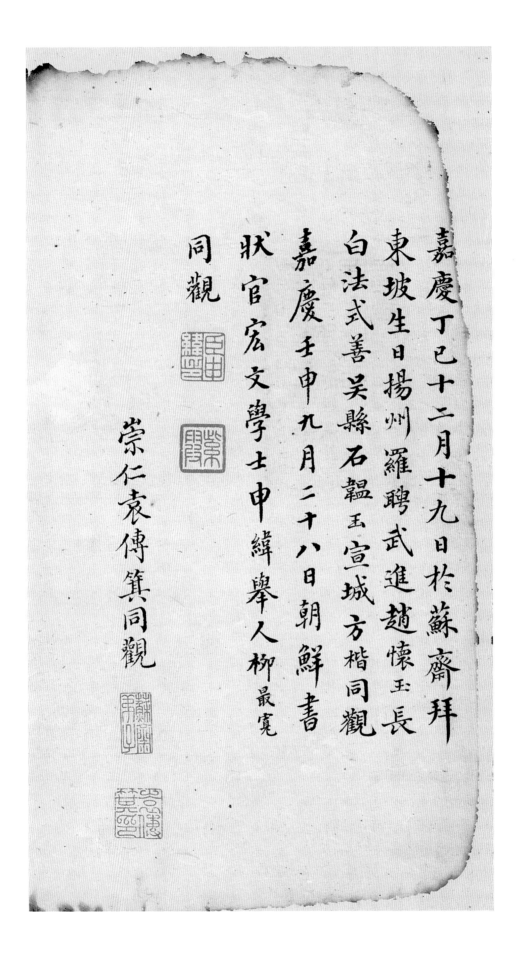

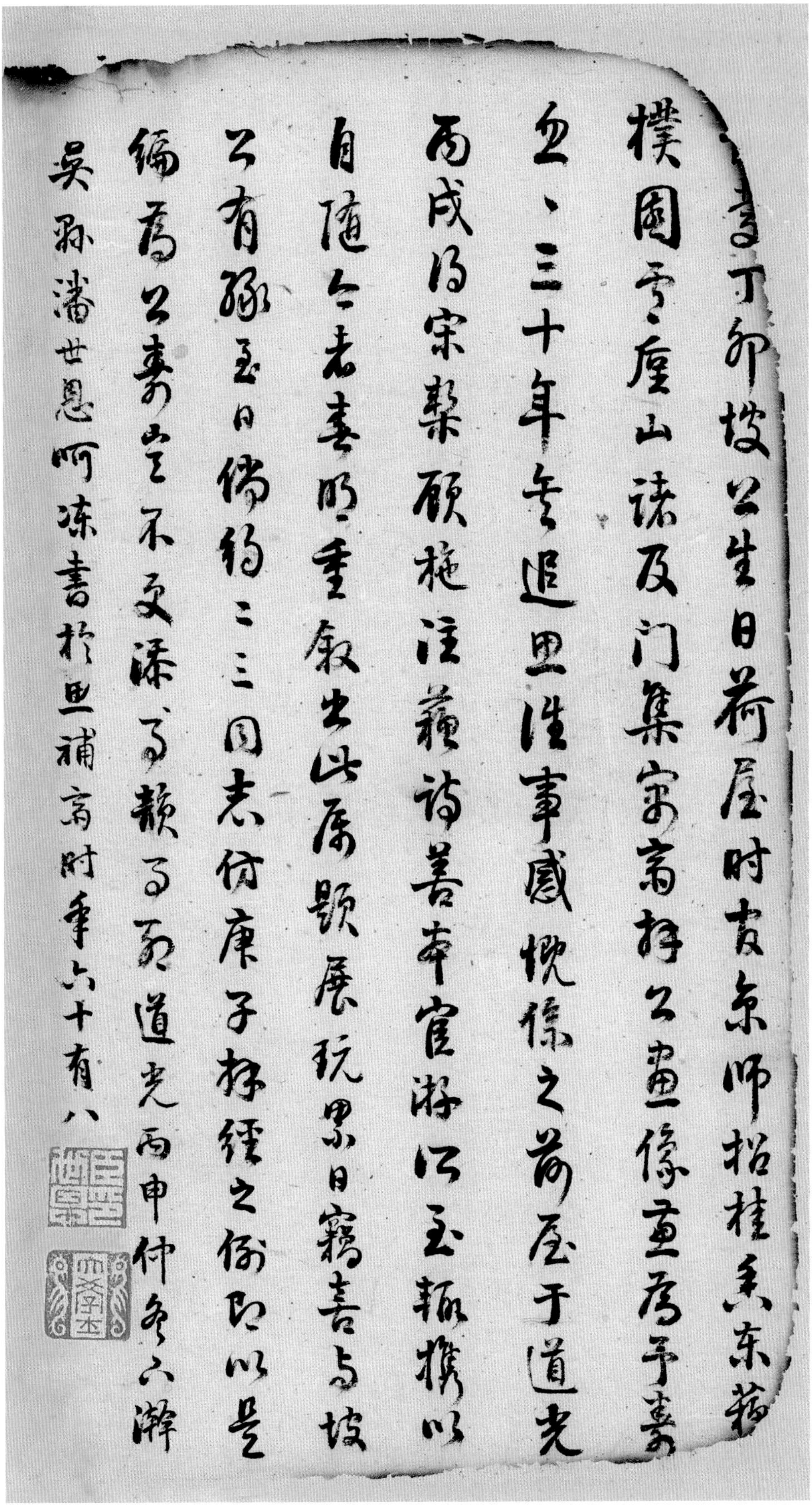

方楷、袁傳箕等題記。朝鮮文學士申緯留下題記和印鑑。卷四前副葉，墨書。

潘世恩題記。卷十前副葉，墨書。

嘉慶癸酉春正月二十有三日朝鮮使臣
經筵講官內閣提學原任三館大提學判中
樞府事斗室沈象奎與其客茨山朴譱性仝
觀于蘇齋

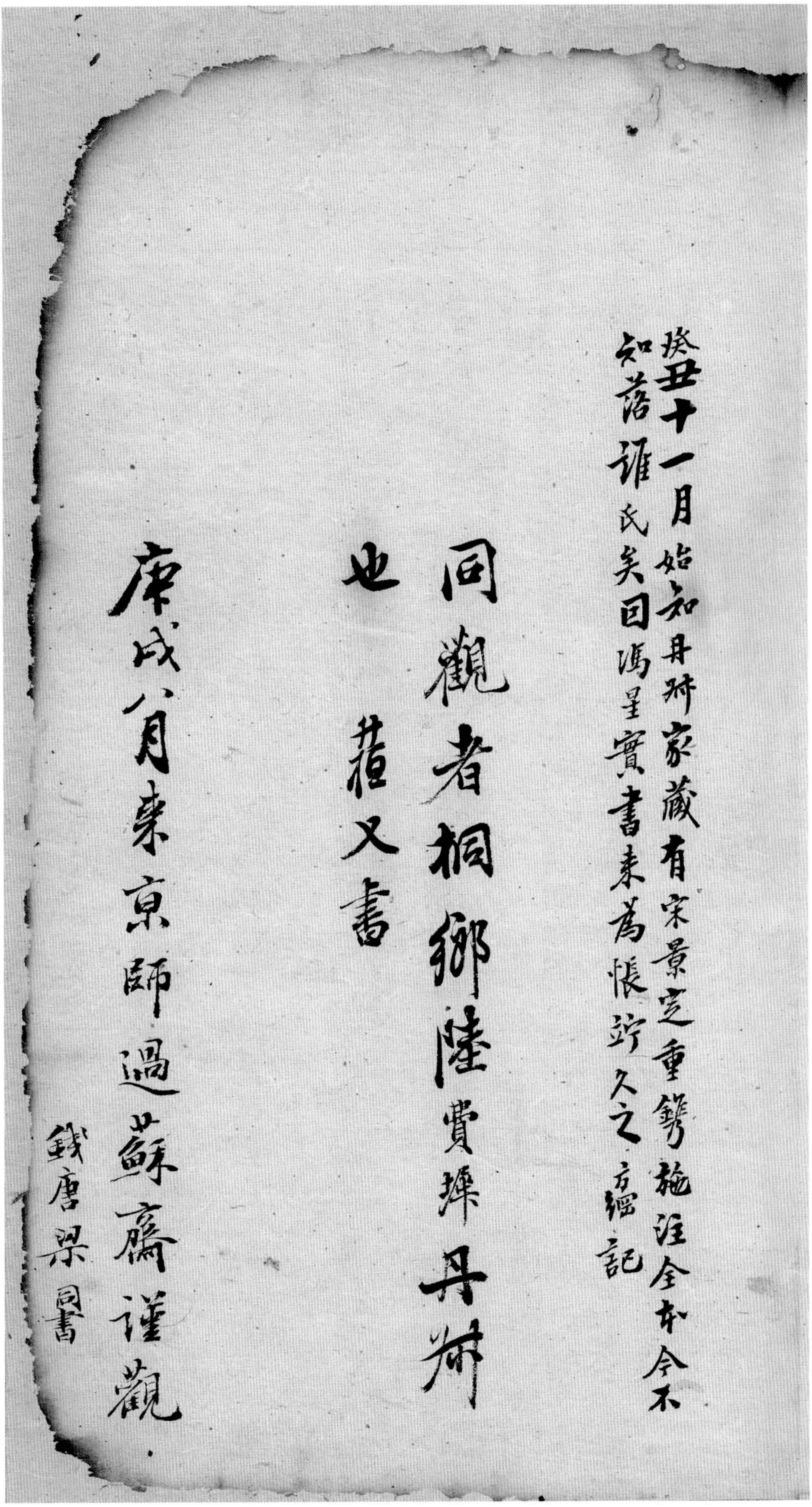
癸丑十一月始知丹邨家藏有宋景定重鋟施注全本今不知落誰氏矣因馮星實書來爲悵然久之 方綱記
同觀者桐鄉陸費墀丹邨也 升桓又書
庚戌八月來京師過蘇齋謹觀
錢唐梁同書

沈象奎、朴善性題記。卷十一前副葉，墨書。

翁方綱、升桓、梁同書題記。卷十一前副葉，墨書。

嘉慶庚申十二月十九日崑山孫銓奉新
周邵蓮宣城方楷金山高玉階集蘇齋
拜坡公生日是日玉階為錢唐黃易摹
山谷像邵蓮題記

坡公守密州因城為臺子由名之曰超然集中所稱北臺是也諸城大令黃岡汪竹千封渭
於道光丙申重葺是臺余時由毘陵乞病家居請立坡公同年時僚屬木主配享祠內
竝移種玉壘盂於臺上以資供養其明年丁酉来都門重過德畬寍琴齋獲觀宋槧展
玩竟日手摹笠屐圖擬刻之臺東笠屐軒壁間亦蘇齋身後一段墨緣也守寀詩卷瞕
有家南澗先生題款因識數語於後箬汀李璋煜倚裝書時天中後一日

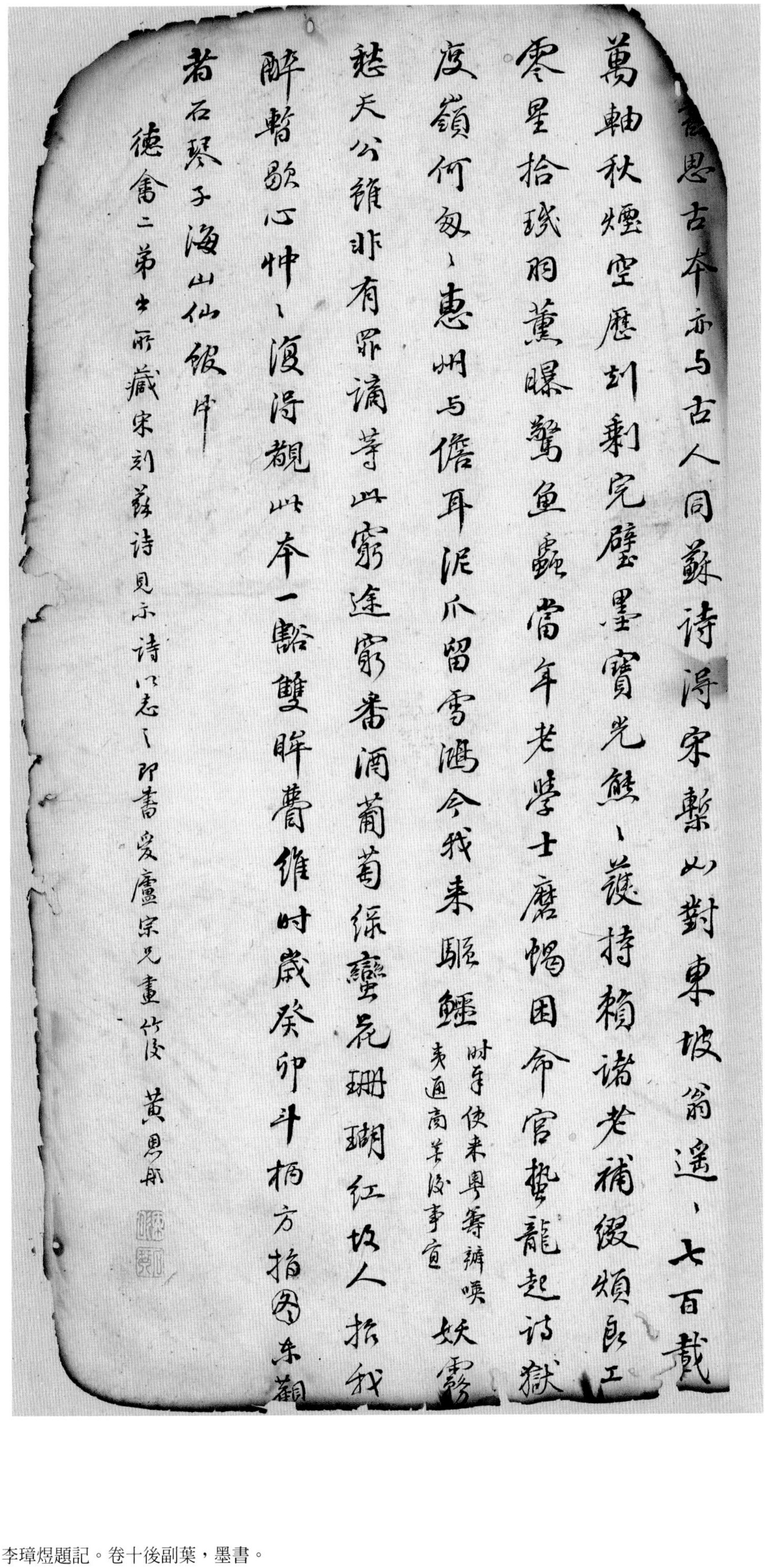
吾思古本亦與古人同蘇詩得宋槧以對東坡翁遥遥七百載
萬軸秋煙空歷劫剩完璧墨寶光熊熊護持賴諸老補綴煩良工
零星拾瑣羽薰曝驚魚蟲當年老學士磨蝎困命宮孽龍起詩獄
度嶺何匆匆惠州與儋耳泥爪留雪鴻今我來驅鱷時方使來粵籌辦嘆夷通商善後事宜妖霧
慈天公雖非有罪謫等此窮途窮番酒葡萄綠蠻花珊瑚紅故人招我
醉暫歇心忡忡復得覩此本一豁雙眸瞢維時歲癸卯斗柄方指冬東翻
着石琴子海山仙館中
德畬二弟出所藏宋刻蘇詩見示詩以志之即書愛廬宋兄畫竹後　黃恩彤

周邵蓮、李璋煜題記。卷十後副葉，墨書。

黃恩彤題記。卷十三後副葉，墨書。

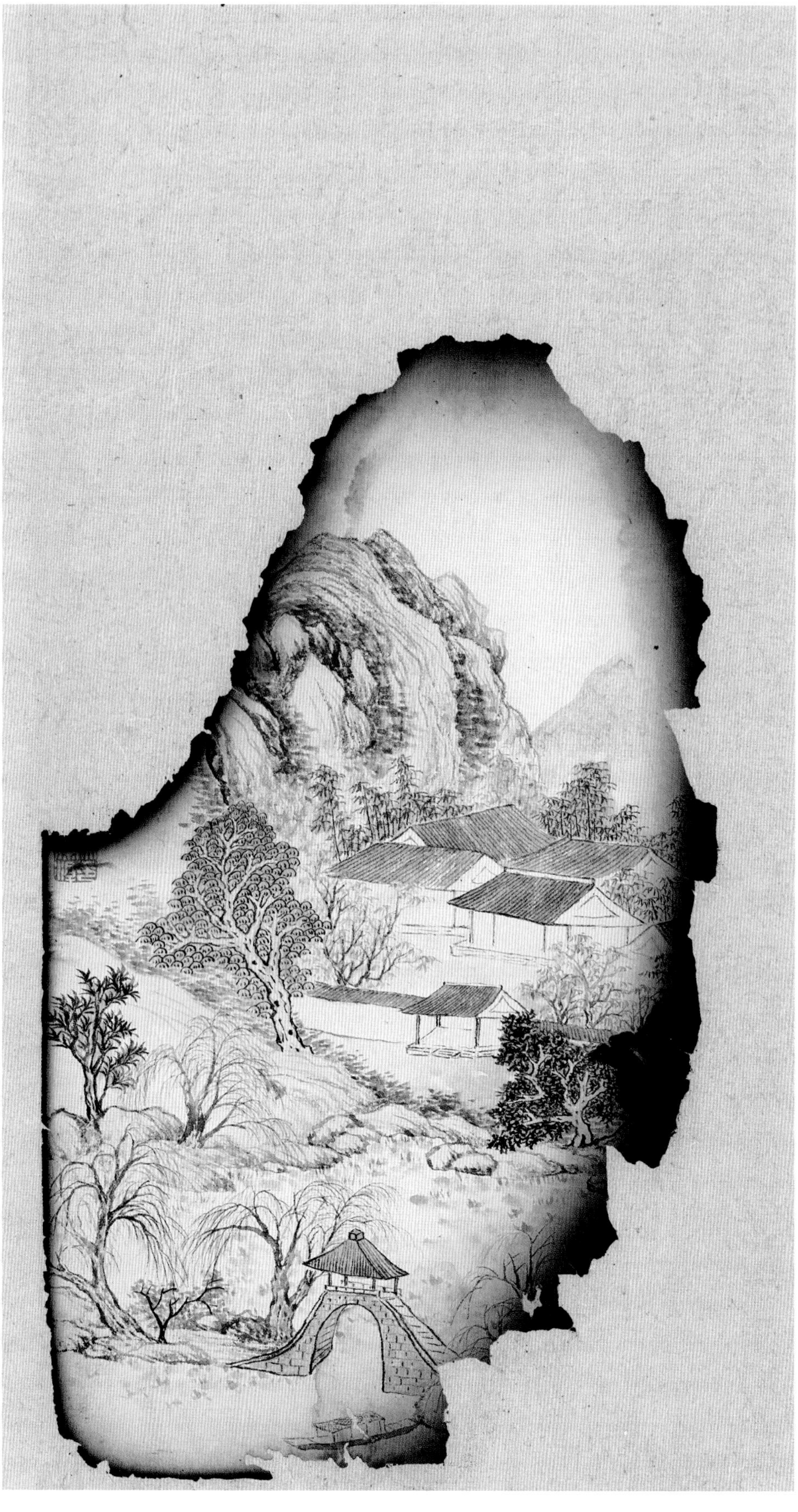

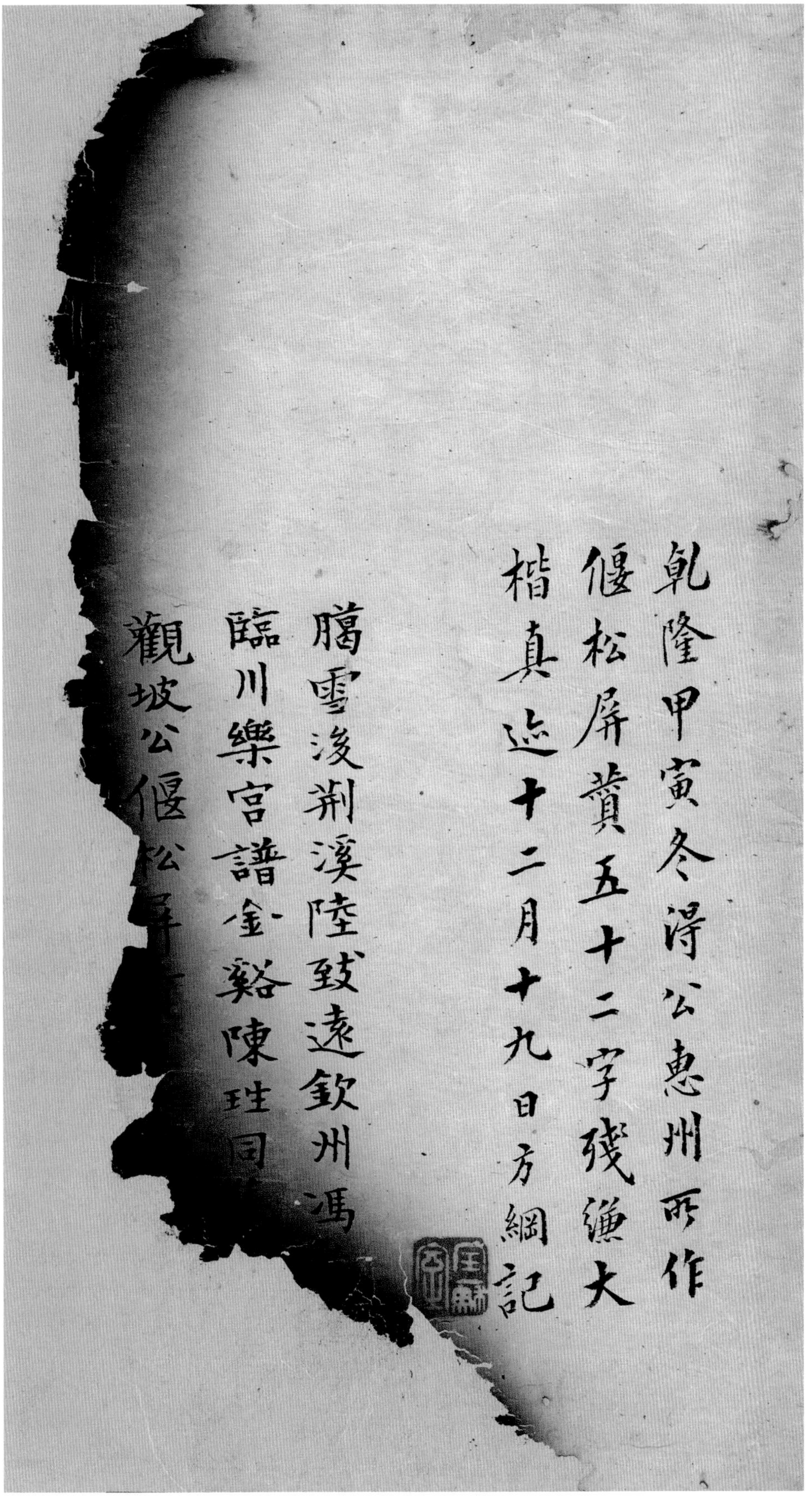

宋葆淳繪山水圖。卷三十七後副葉。

翁方綱、馮敏昌題記。卷三十八前副葉，墨書。

傳十八官漢孺
舊凋零盡新交得儁人文章諧律呂議論
足精神甚歡邀聯騎無如困負薪蘭亭脩
禊近為記永和春

右放翁簡傅漢孺詩錄于蘇詩施顧注本 方綱并次韻
作序六年後憶儀書楷人家藏借題跋謝叜有精神
幾春淚留書千秋火繼薪想陪追禊詠及共戊辰春
放翁此序作於嘉泰二年壬戌而贈傅詩在嘉定元年戊辰也放翁
又嘗為漢孺跋其家所藏謝師厚手迹故及之

道光十六年夏六月立秋後三日平定張瀛暹石州氏敬觀

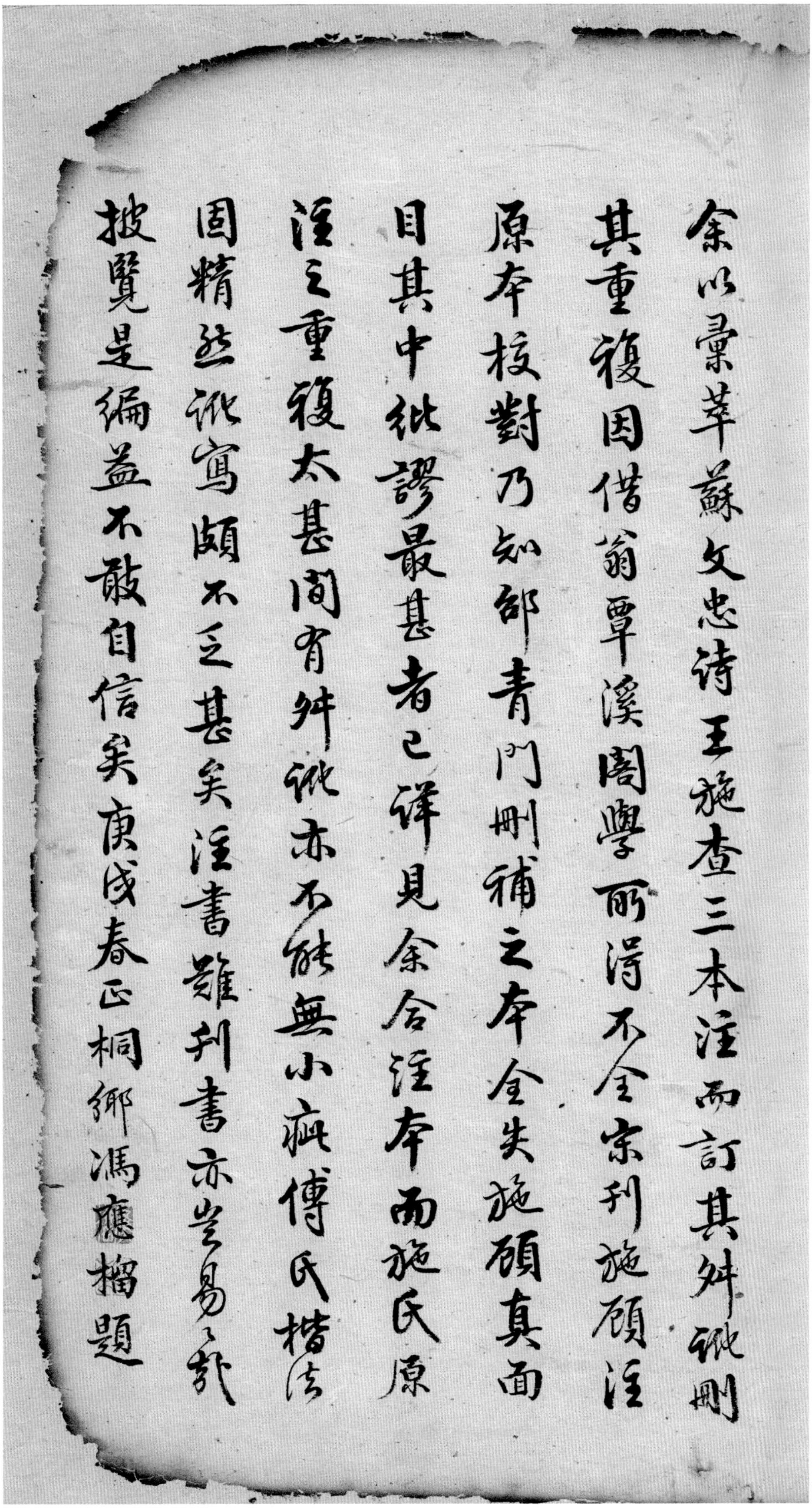

余以彙萃蘇文忠詩王施查三本注而訂其舛譌刪其重複因借翁覃溪閣學所得不全宋刊施顧注原本校對乃知邵青門刪補之本全失施顧真面目其中紕謬最甚者已詳見余合注本而施氏原注之重複太甚間有舛譌亦不能無小疵傅氏楷法固精然譌寫頗不乏甚矣注書難刊書亦豈易言哉披覽是編益不敢自信矣庚戌春正桐鄉馮應榴題

翁方綱、張瀛暹題記。卷十二前副葉，墨書。

馮應榴題記。卷十二前副葉，墨書。

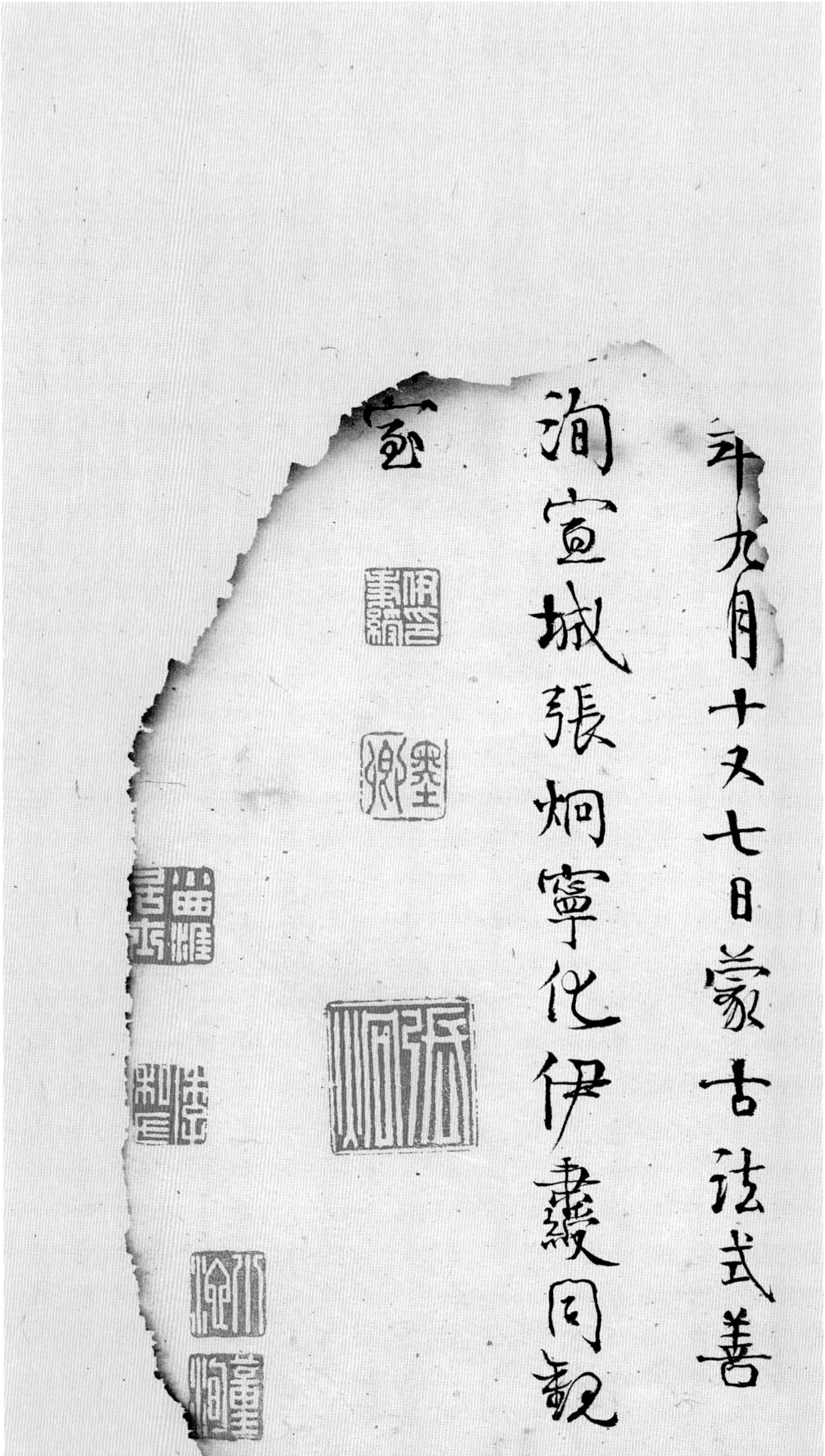

年九月十又七日蒙古法式善
澗宣城張炯寧化伊秉綬同觀
室

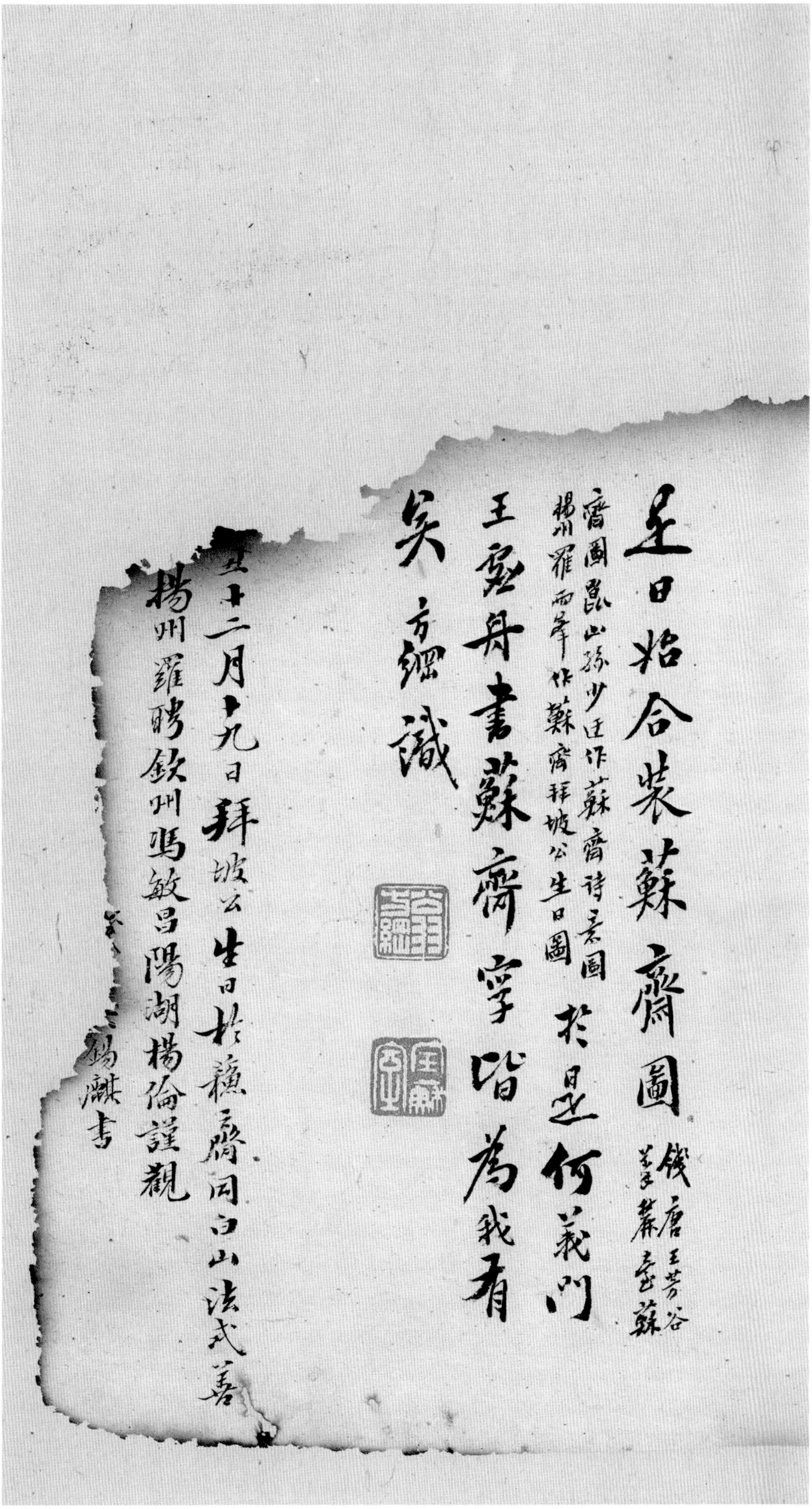

伊秉綬題記。卷十七前副葉，墨書。

翁方綱、吳錫麒題記。卷十七前副葉，墨書。

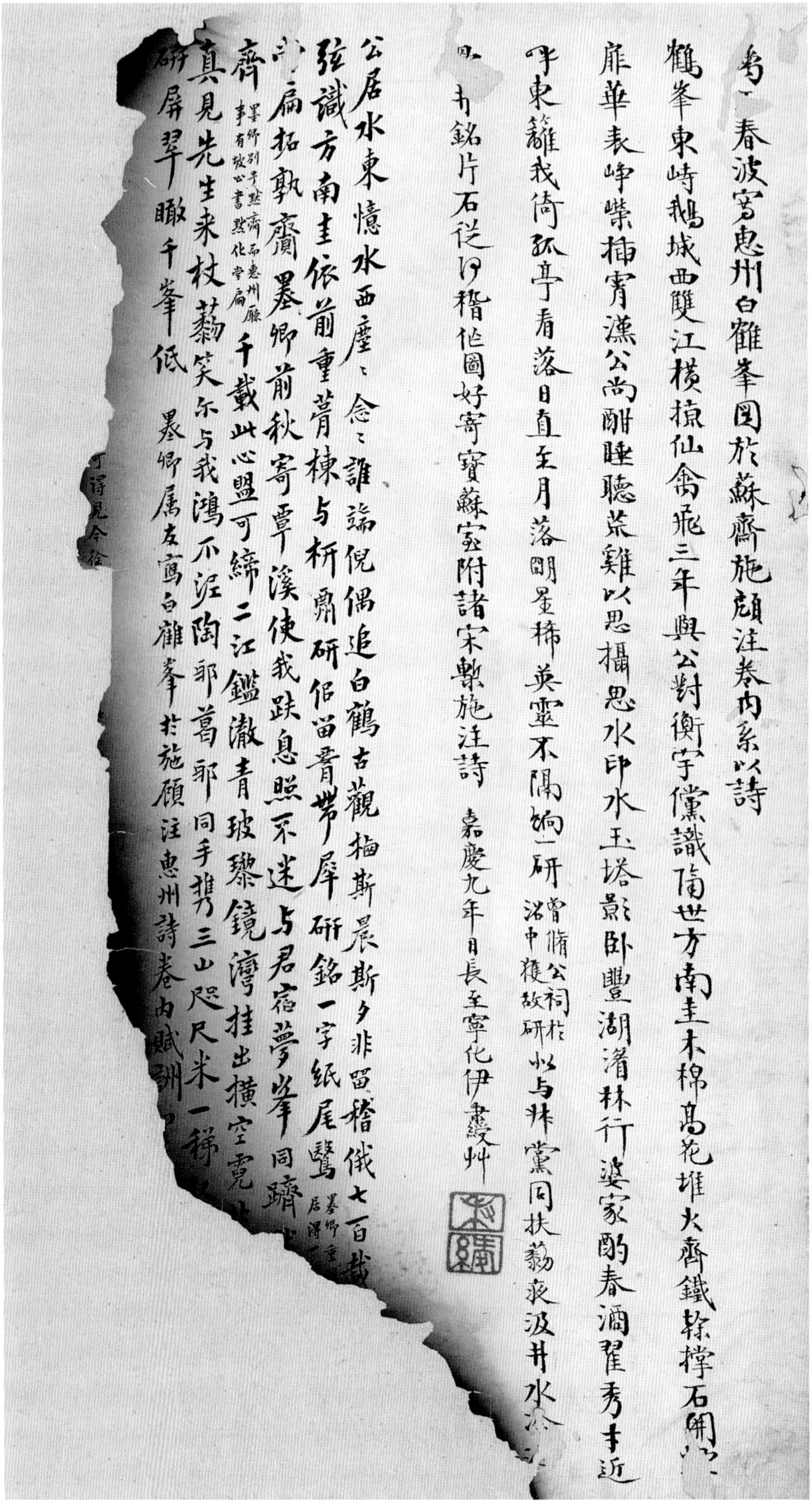

爲〻春波寫惠州白鶴峯圖於蘇齋施顧注卷內系以詩
鶴峯東峙鵝城西雙江橫掠仙禽飛三年與公對衡宇儻識偏世方南圭木棉高花堆火齊鐵標撐石開
扉華表崢嶸插霄漢公尚酣睡聽荒雞以思攝思水印水玉塔影臥豐湖渚林行婆家酌春酒翟秀才近
乎東籬我倚孤亭看落日直至月落明星稀英靈不隔絢一研曾脩公祠於沼中獲故研以與非黨同扶動夜汲井水添
以書銘片石從伊稽作圖好寄寶蘇室附諸宋槧施注詩　嘉慶九年　月長至寧化伊秉綬艸
公居水東憶水西塵塵念念誰端倪偶追白鶴古觀梅斯晨斯夕非留稽俄七百載
弦識方南圭依前重葺棟與析鼎研侶留胥帶犀研銘一字紙尾鑿墨卿重居得一
扁拓軌齋墨卿前秋寄覃溪使我趺息照不迷與君宿夢峯同躋
齋墨卿別予點齋而惠州廳事有坡公書默化堂扁千載此心盟可締二江鑑澈青玻瓈鏡灣挂出橫空霓
真見先生來杖藜笑爾與我鴻爪泥陶邪葛邪同手攜三山咫尺米一稊
研屏翠瞰千峯低　墨卿屬友寫白鶴峯於施顧注惠州詩卷內賦詶
可得見今徐

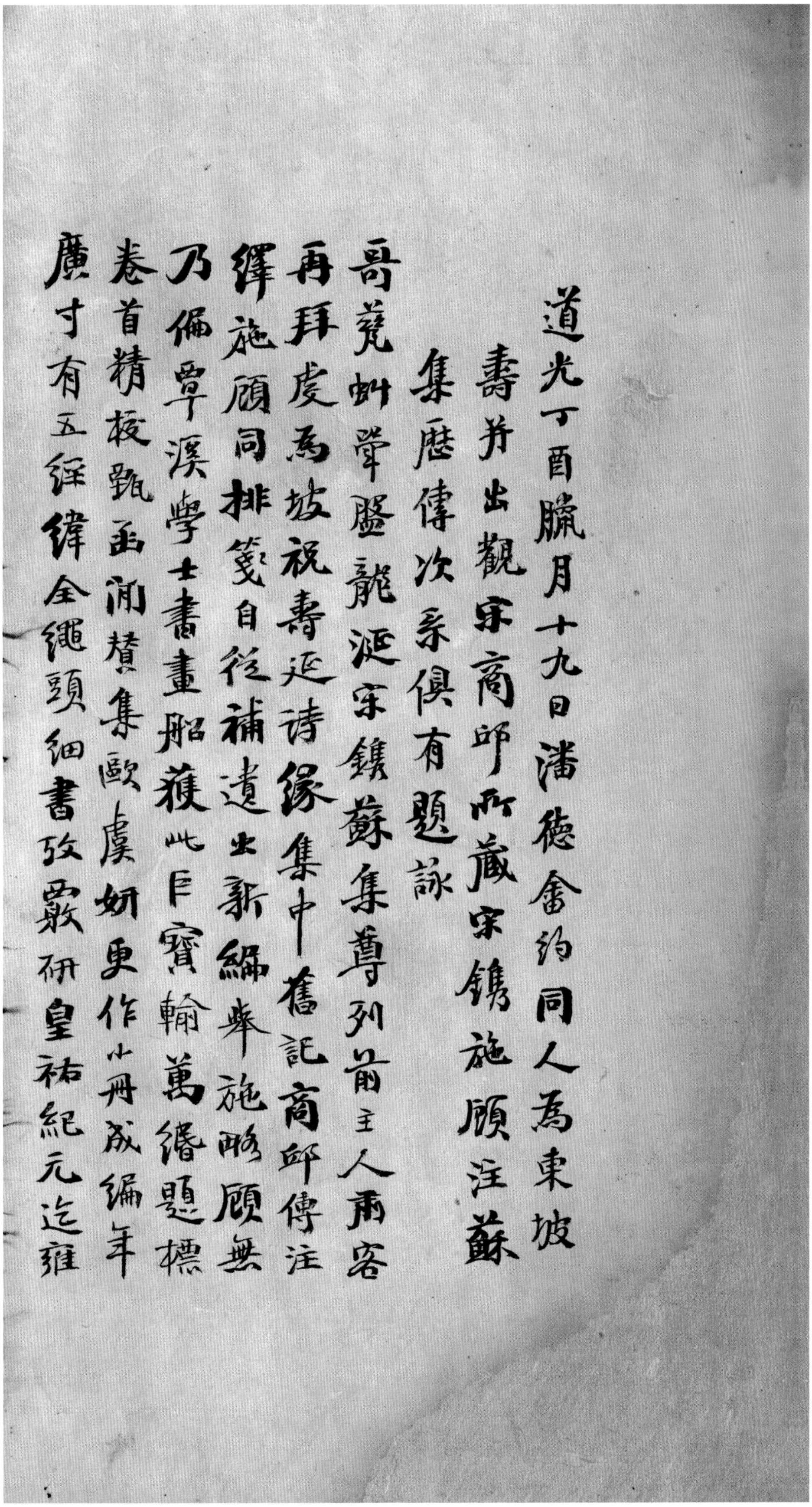
道光丁酉臘月十九日潘德畬約同人為東坡
壽并出觀宋商邱所藏宋鐫施顧注蘇
集歷傳次第俱有題詠
哥莧蚧斝醫龍涎宋鐫蘇集尊列前主人兩客
再拜虔為坡祝壽延詩緣集中舊記商邱傳注
繹施顧同排箋自從補遺出新編牽施略顧無
乃偏覃溪學士書畫船獲此巨寶輸萬緡題標
卷首精校甄函閒贊集歐虞妍更作小冊成編年
廣寸有五經緯全纚頭細書攷覈研皇祐紀元迄雍

伊秉綬、翁方綱題記。卷三十七後副葉，墨書。

清道光年間，潘德畬邀集文友祭祝東坡，觀覽題詠。何紹業題記。卷四十一前護葉，墨書。

乾生東坡後諸後賢生死宦蹟魚貫穿我得其冊朝
夜捧蘇集玄望如躋天自翁及吳凡再邏今日
乃爲儋子專蓬萊水淺三作田古人已死我已儕世
於坡公獨流連我亦俛首隨俗牽大造在手探微元
諸子出入歸蹄筌鏡空月皎滄波平開大智慧離
中邊參梅書洞非真禪坡公之詩安使絃去歲太史
司几筵黎樾喬太史宅案頭花色初拂鬖今年此集珪璧々
華采照曜侵杯棬靚未曾覩人駕肩拂拭捲墨
流雲煙主人意與醉未醒裁蘭亭詩憑几宣古今

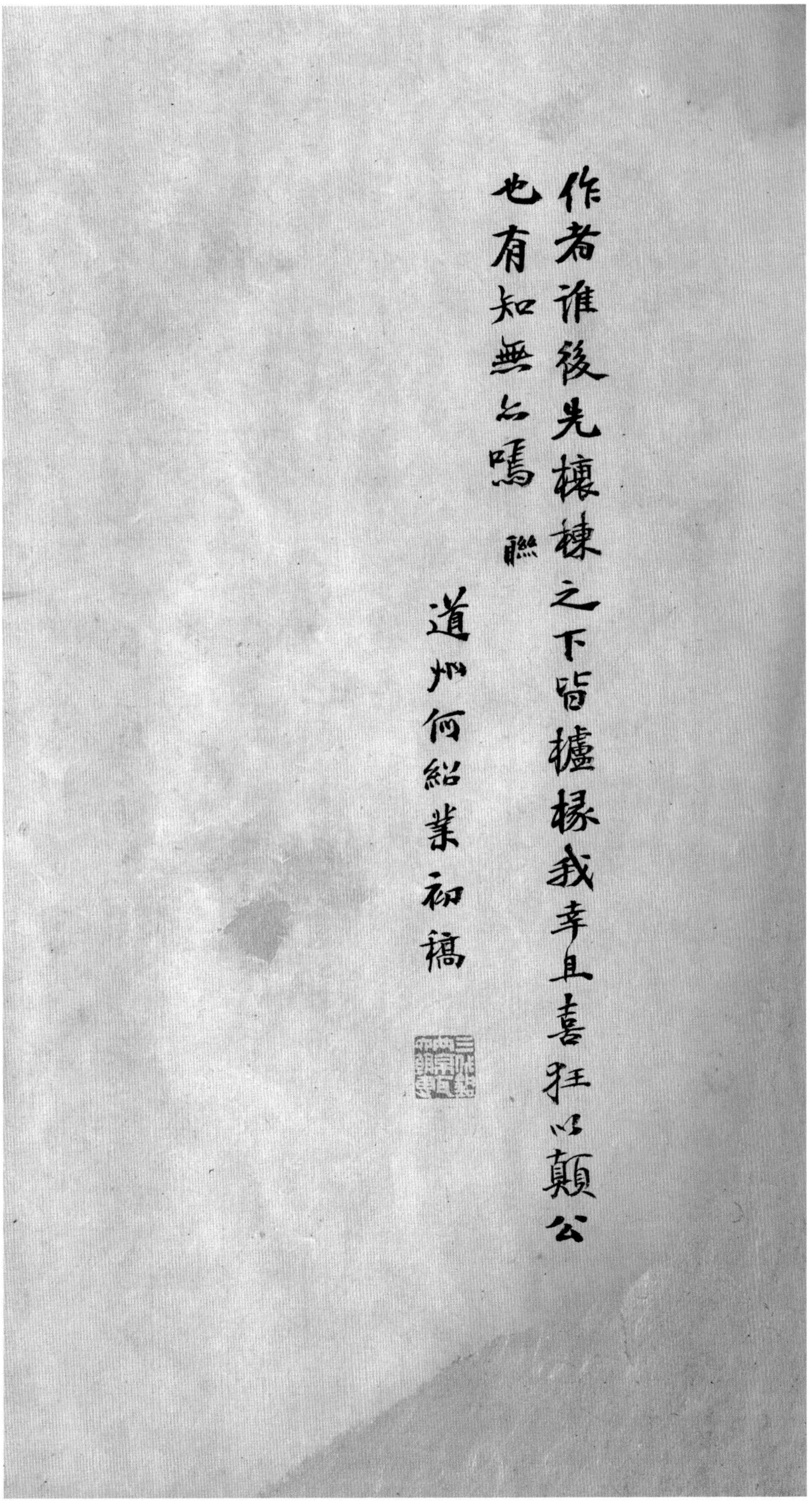
作者誰後先棲棲之下皆攄椽我幸且喜狂以顛公
也有知無不嗚 聯
道州何紹業初稿

何紹業題記。卷四十一前護葉，墨書。

傳奇的劫後「焦尾本」

清朝末年，此書歸袁思亮所有，後因袁氏位於北京西安門外的宅邸失火，火勢猛烈波及藏書樓，情急之下他打算以身相殉，家人只得冒死將這套書救出。神奇的是，書的版口雖然被火燒過，然而歷代留下來的名人題記、印章等，卻損傷輕微。從此這部浴火重生、帶著燼餘痕跡的嘉定本，多了個「焦尾本」的傳奇雅稱，還被視為宋版書中之神物。

民國年間，此書經良工修復裝裱，更顯精雅古樸。收藏家張澤珩於抗戰時期贈予中央圖書館，之後隨著當時的國府從南京遷至陪都重慶，歷經了國共內戰，跟著國民政府到了臺灣，暫鎖秘閣於臺中糖廠附近的北溝，之後才遷至臺北南海路的國立中央圖書館舊址，之後再到中山南路的國家圖書館，歷經諸多劫難，輾轉遷徙珍藏至今。

此書雖遭祝融毀損，但極品宋版書的內文，加上百餘頁的名人題記、書畫、印章，與火燒的枯跡相互映照，雖為殘卷，別有一種渾然天成的美感。

The Legendary Scorched Edition

Since its dramatic rescue from the flames,
it has been named "the scorched Jiading edition."

At the end of the Qing Dynasty, the classic edition was owned by Yuan Siliang. His library caught on fire and he intended to die with the books. His family risked their lives and saved the books from fire. Somewhat magically, the content, postscripts, and seals were only mildly damaged. Since its dramatic rescue from the flames, it was dubbed "the scorched Jiading edition."

During the years of The Nationalist Republic, the classic was represented on an exquisite and simple style, renewed by skillful hands. Mr. Zhang Zeheng, a collector, donated the classic edition to the National Central Library during the Sino-Japanese War. It was then transported from Nanjing to Chongqing. After the Civil War, it was carried to Taiwan with the Nationalist Government.

Although The Scorched Edition had been damaged in the fire, the exquisite content, the seals affixed by the literati and their paintings and calligraphy, along with the unique fire burn marks made up its resilient beauty.

元祐罪人好詩格嘉泰某年鍥成冊注者施元之顧禧傳
兩家小施宿梨棗供其役故人窮之來相訪化度九成精
筆畫調傳搨宮刻四十有二卷落寞滄桑風雨迹倉曹適
志豈爲時每負葡萄薦酒夕當年禁錮轟雷霆如
此江山賸半壁安石元常皆何往留得海頭一隻屐嗟
哉春夢卷中人屈指流年五六百牧仲開府金閶城
繙書常會諸詩客邵氏長蘅之膽大於斗眼對古人硬
幸手顧氏之寃・莫訴姓氏標題遭棄擲可堪賓

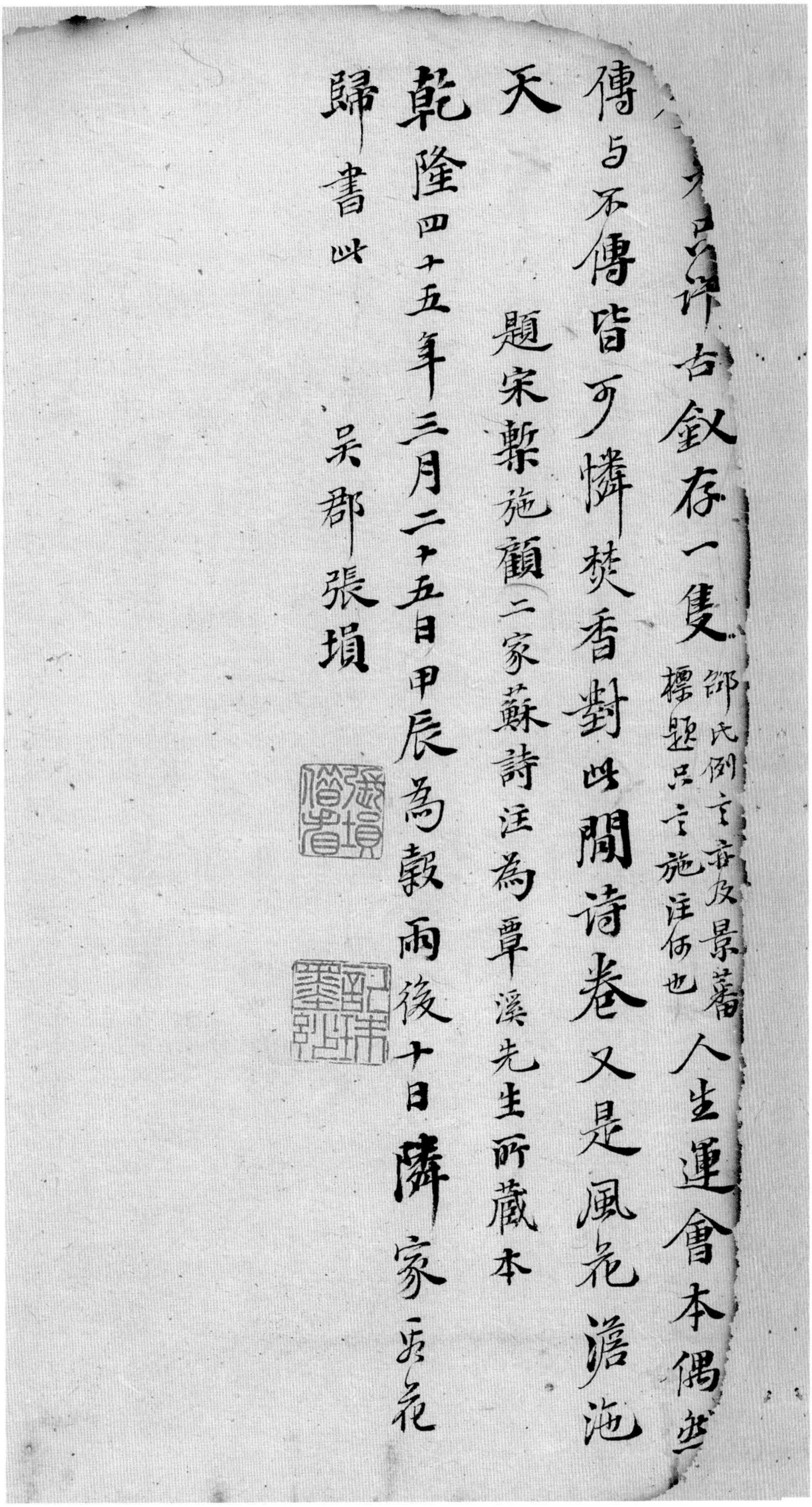
評古釵存一隻
邵氏例言並及景蕃
標題只言施注何也
人生運會本偶然
傳与不傳皆可憐焚香對此閱詩卷又是風花澹沲天
題宋槧施顧（二家蘇詩注為覃溪先生所藏本
乾隆四十五年三月二十五日甲辰為穀雨後十日蔣家一丈花
歸書此
吳郡張塤

張塤題記。卷七前護葉，墨書。

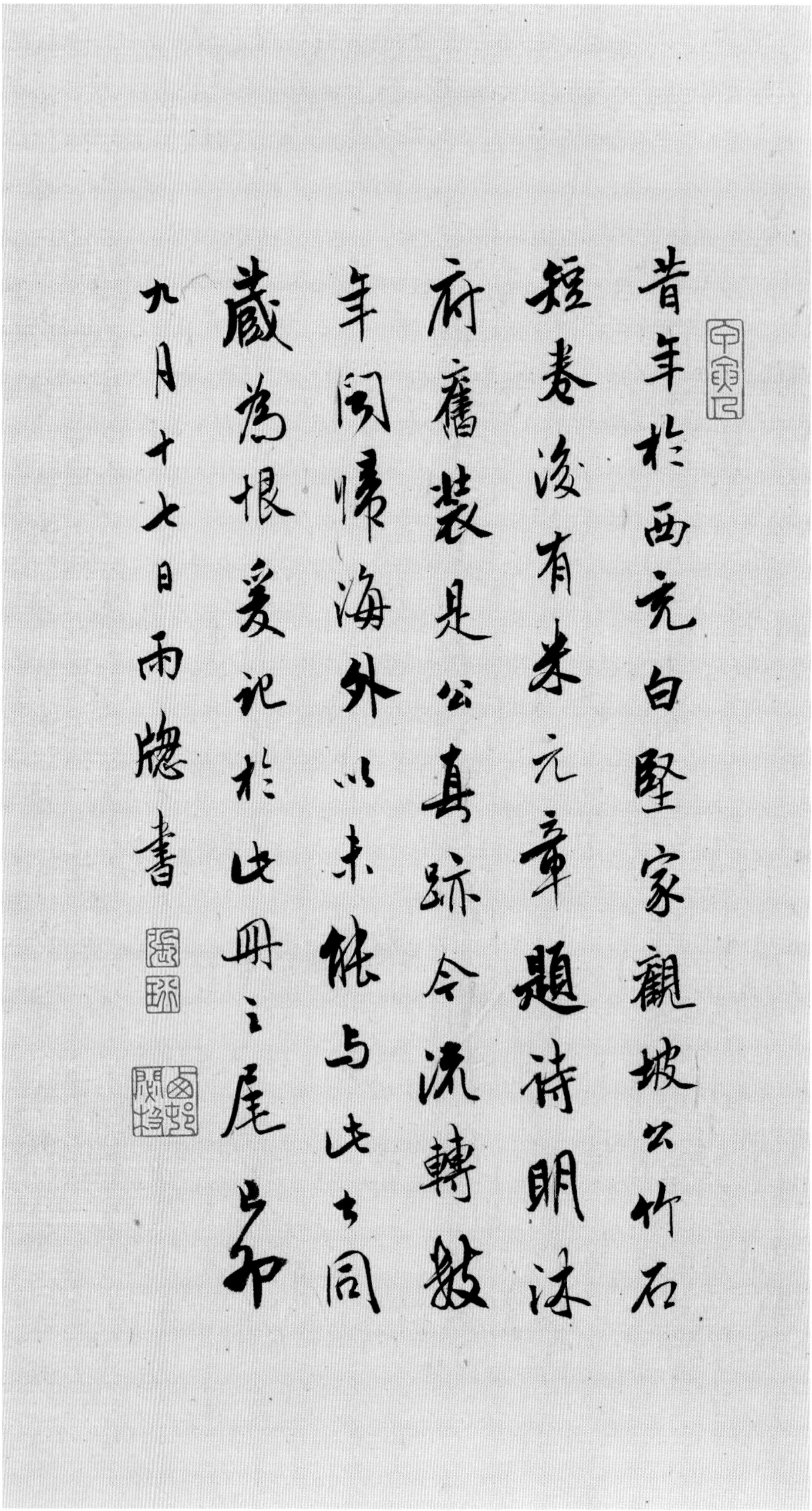
昔年於西元白堅家觀坡公竹石
短卷後有米元章題詩明沐
府舊裝是公真跡今流轉數
年聞歸海外以未能與此卷同
藏為恨爰記於此冊之尾
九月十七日雨總書

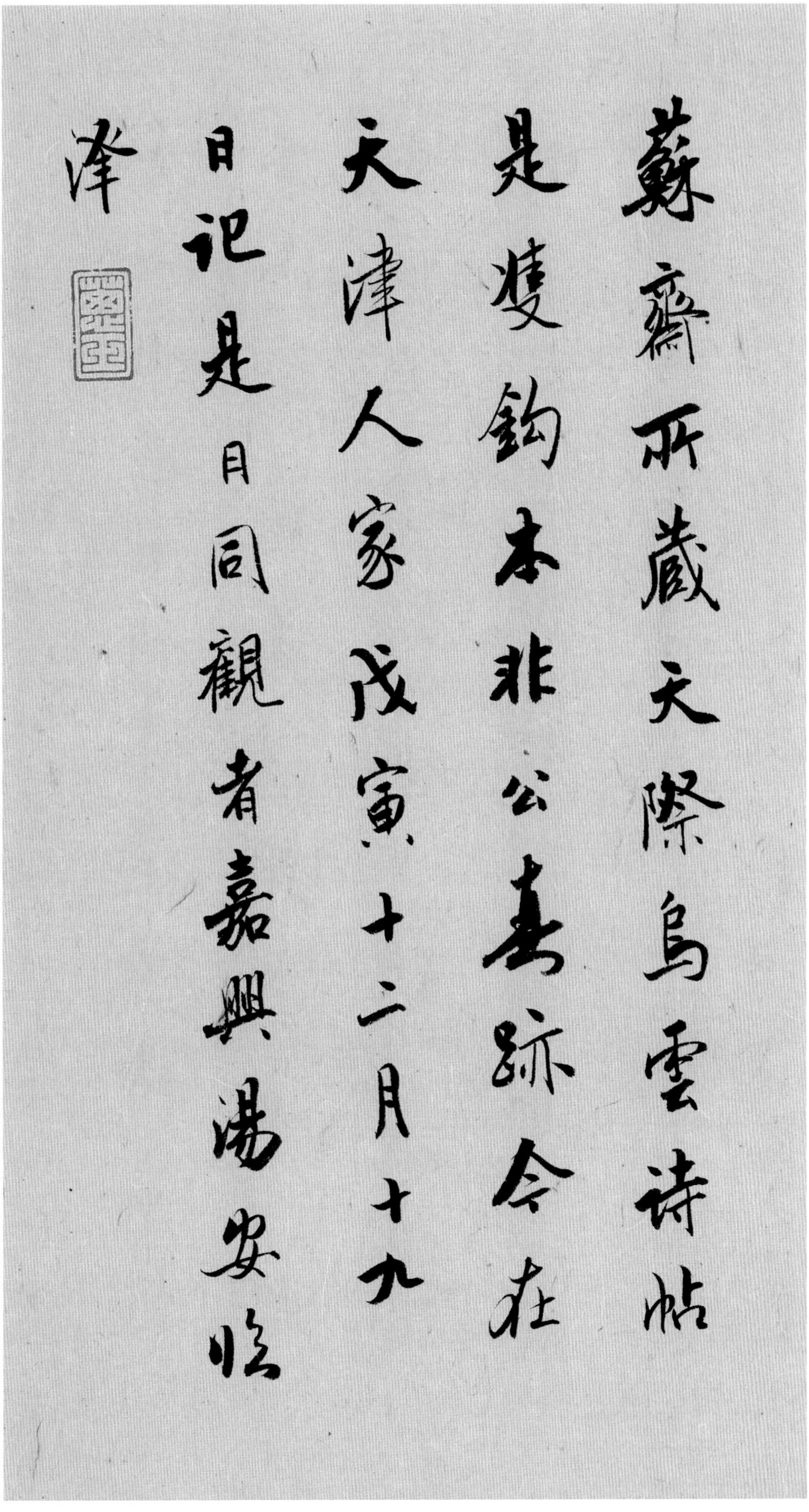
蘇齋所藏天際烏雲詩帖
是雙鈎本非公真跡今在
天津人家戊寅十二月十九
日記是月同觀者嘉興湯安臨
澤

張澤珩（張珩）題記，卷十六後護葉，墨書。

張澤珩題記。卷十七後副葉，墨書。

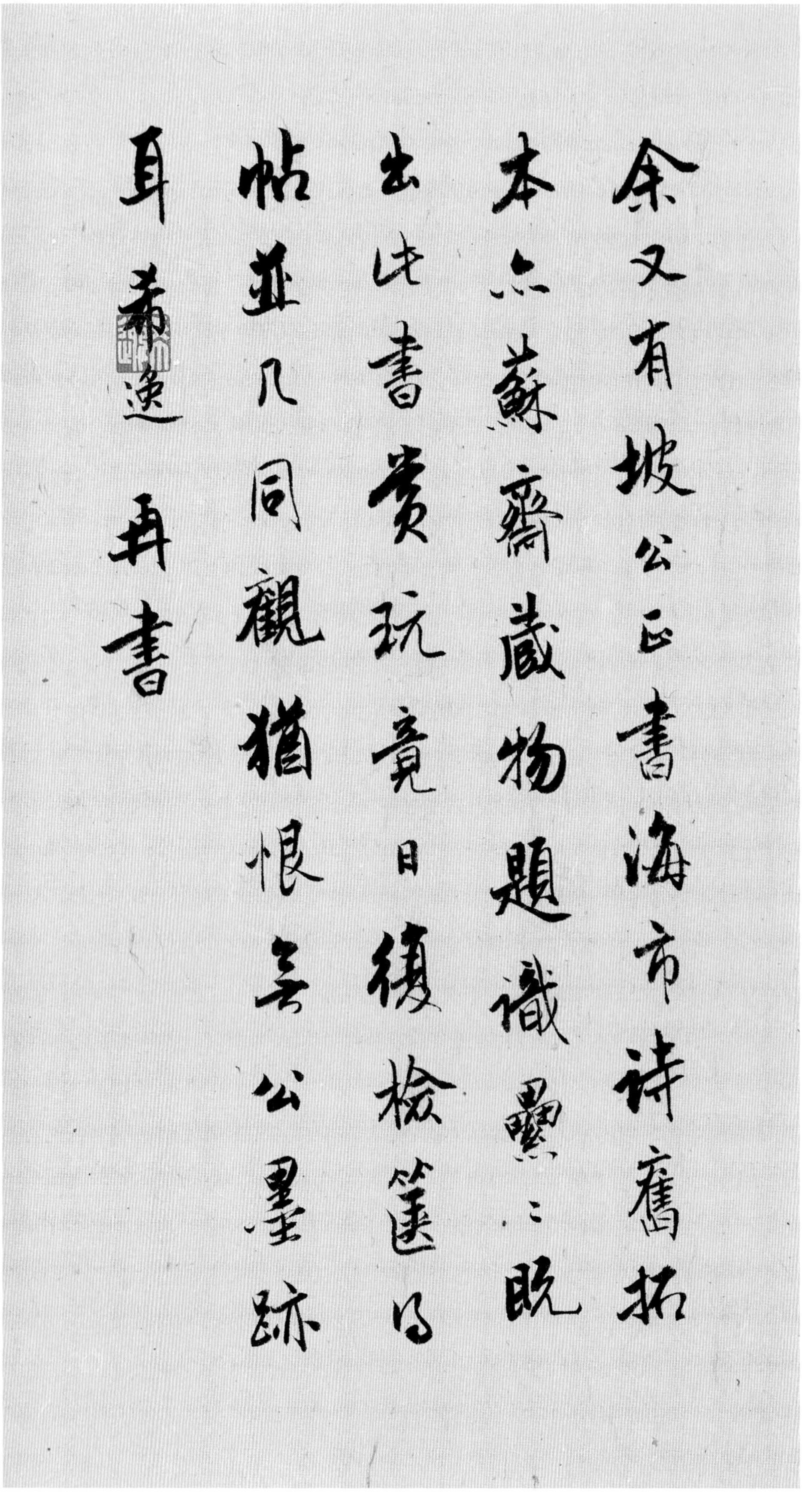
余又有坡公正書海市詩舊拓
本亦蘇齋藏物題識纍纍既
出此書賞玩竟日復檢篋內
帖並几同觀猶恨無公墨跡
耳 希逸再書

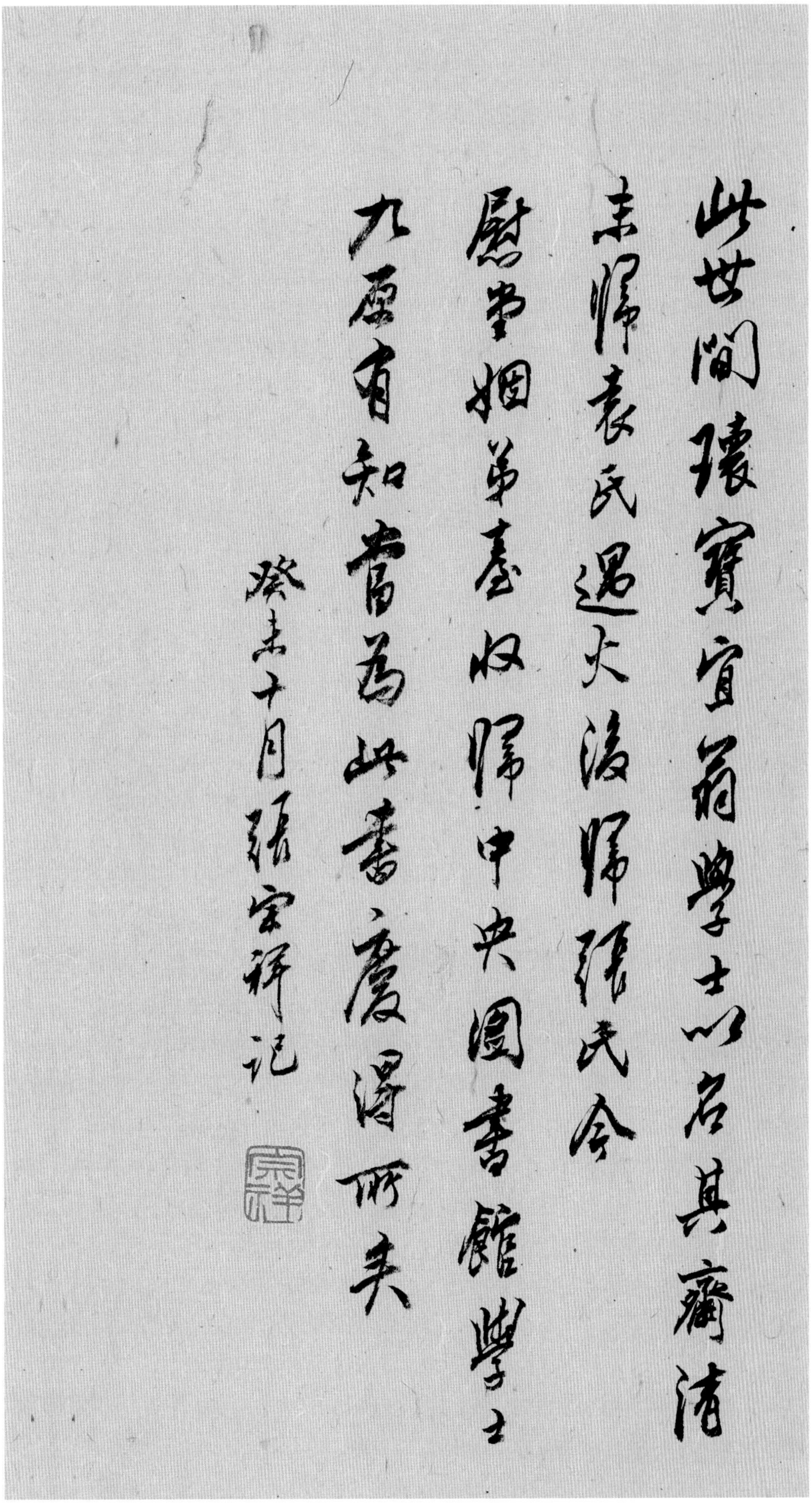

張澤珩題記。卷十七後副葉，墨書。

張宗祥題記。（述及時任中央圖書館館長蔣慰堂獲得贈書）卷四後護葉，墨書。

〔王〕春波繪惠州白鶴峰圖。卷三十七後副葉。

秦鏡墨本（海山仙館，潘仕成藏）。卷三十七前副葉。

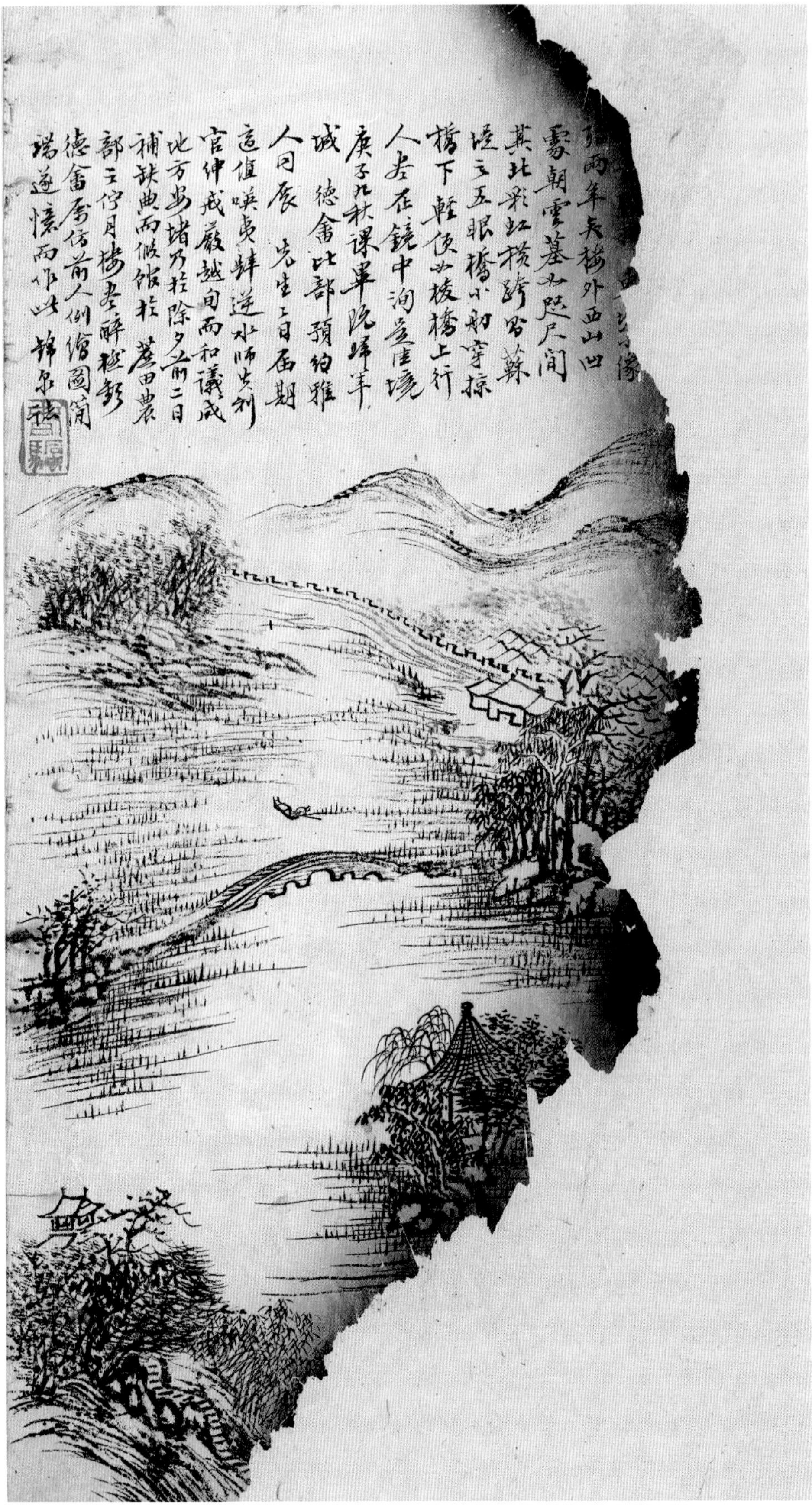
兩年來樓外西山四
霧朝雲暮如在尺間
其北彩虹橫跨曰蘇
堤之五眼橋小舟穿掠
橋下輕便如梭橋上行
人若在鏡中洵至佳境
庚子九秋課畢既歸羊
城 德畬比部預約雅
人同展 先生上日函期
適值嘆夷肆逆水師失利
官紳戒嚴越日而和議成
地方安堵乃於除夕前二日
補錄曲而假館於 蓬田農
部之停月樓叠醉極歡
德畬屬仿前人倒繪圖簡
端遂懷而作此 錦泉

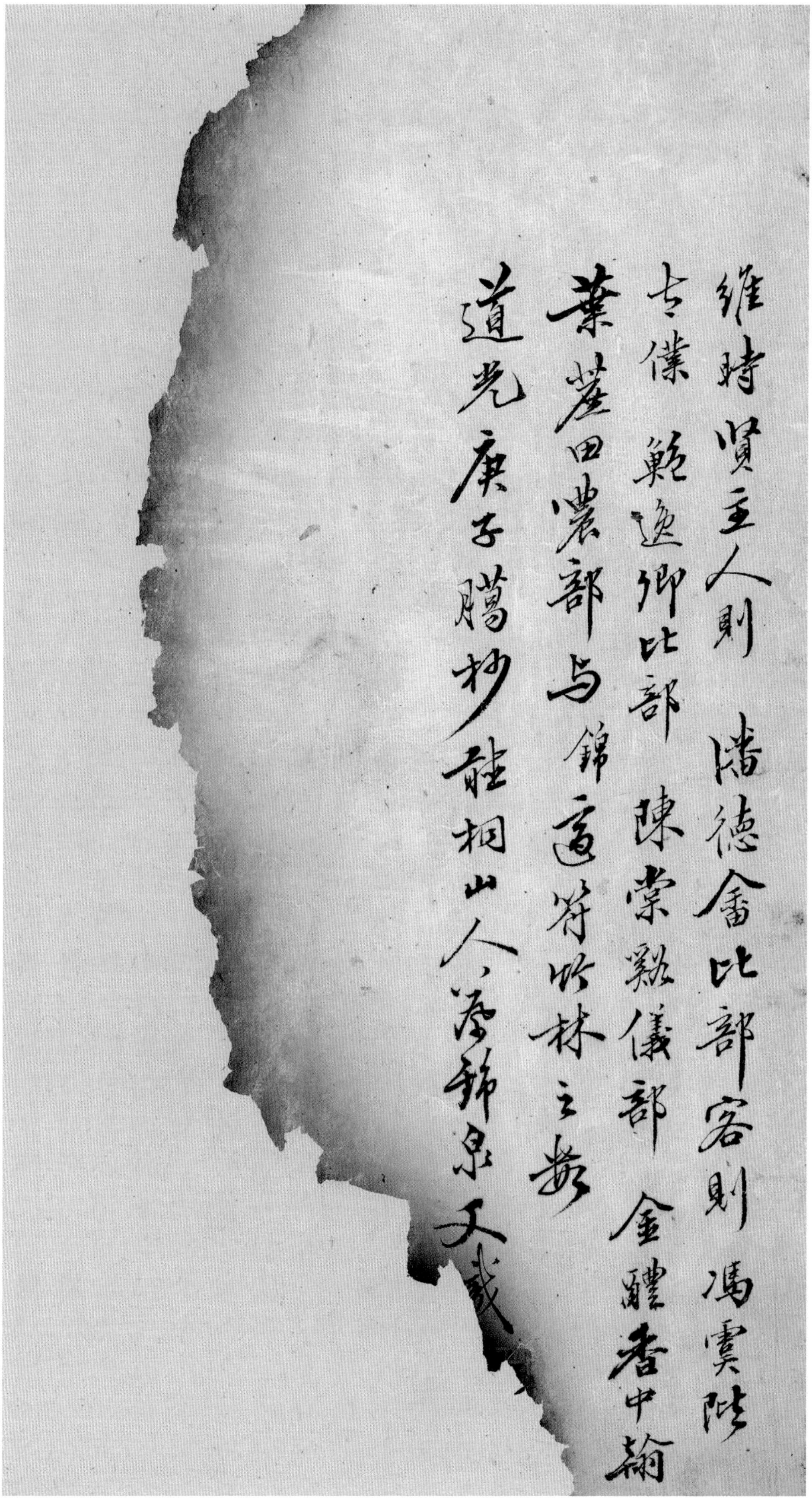

維時賢主人則儲德舍比部客則馮雲陛
古僕鮑逸卿比部陳棠谿儀部金醴香中翰
葉崖田農部與錦道符竹林之游
道光庚子臘杪蛀桐山人蔡錦泉又識

蔡錦泉墨繪西湖蘇堤。卷三十八後副葉。

蔡錦泉墨繪西湖蘇堤之題記。卷三十八後副葉。

傳奇的題記、印章

明代至今，經過收藏家和文友們的品題鑑賞，歷代的名人印章，各卷前後「遍鈐印記，至無隙地」。收藏《註東坡先生詩》且留下印鑑的藏書家有明代的安國、毛晉，清朝的宋犖、揆敘、翁方綱、吳榮光、潘仕成、葉潤臣、袁思亮，以及民國時期的蔣祖詒、張澤珩。當然還有那些當時參與祭書盛會、喜愛東坡詩的愛書人。

這部書版刻精美，打開書卷，題記、題跋、畫作都是藝術，書中名家留下的「印記」，朱色依舊鮮明，不僅勾勒出這部書輾轉流傳的軌跡，也可欣賞宋版字型、治印篆刻、書畫作品等種種細節，這些時間的刻痕，都是我們穿越時空，認識與閱讀經典的另一種方式。

The Legendary Comments and Seals

Since the Ming Dynasty, the 13 collectors' inscriptive comments and seals have filled the pages of each volume.

Since the Ming Dynasty, the classic has been through the hands of 13 collectors. Their inscriptive comments and seals filled the pages of each volume. These collectors were An Guo, Mao Jing of the Ming Dynasty; Song Luoh, Kui Xu, Weng Fanggang, Wu Rongguang, Pan Shicheng, Ye Renchen, Yuan Siliang of the Qing Dynasty; and Jiang Zuyi, Zhang Zeheng of the Nationalist Republic.

This precious ancient classic is a work of art from cover to cover; with its historic trail of inscriptions, marginalia, and layout. The original elegance and brilliance gives us a chance to read through time.

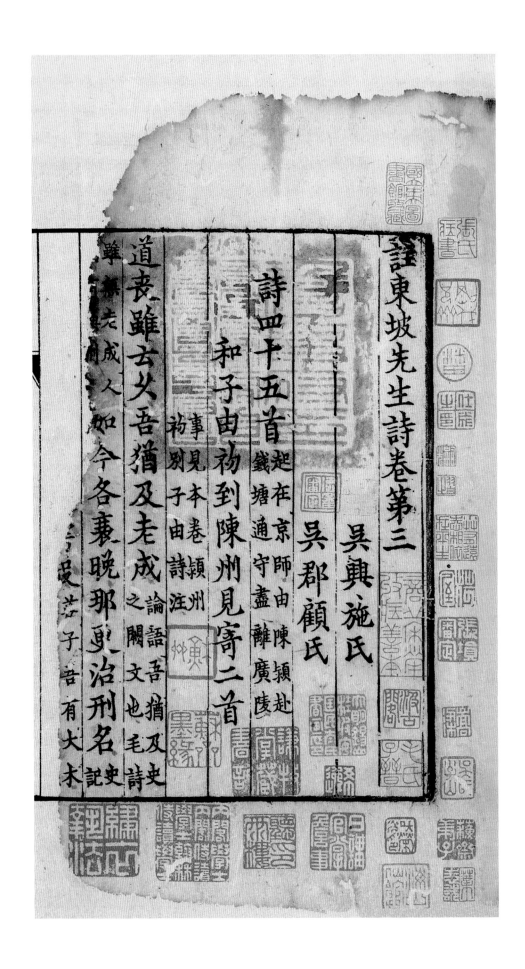

註東坡先生詩卷第三

吳興施氏

吳郡顧氏

詩四十五首 起在京師由陳潁赴錢塘通守盡離廣陵

和子由初到陳州見寄二首 事見本卷潁州初別子由詩注

道喪雖云久吾猶及老成 論語吾猶及史之闕文也毛詩雖無老成人

如今各衰晚那更治刑名 史記[illegible]莊子吾有大木

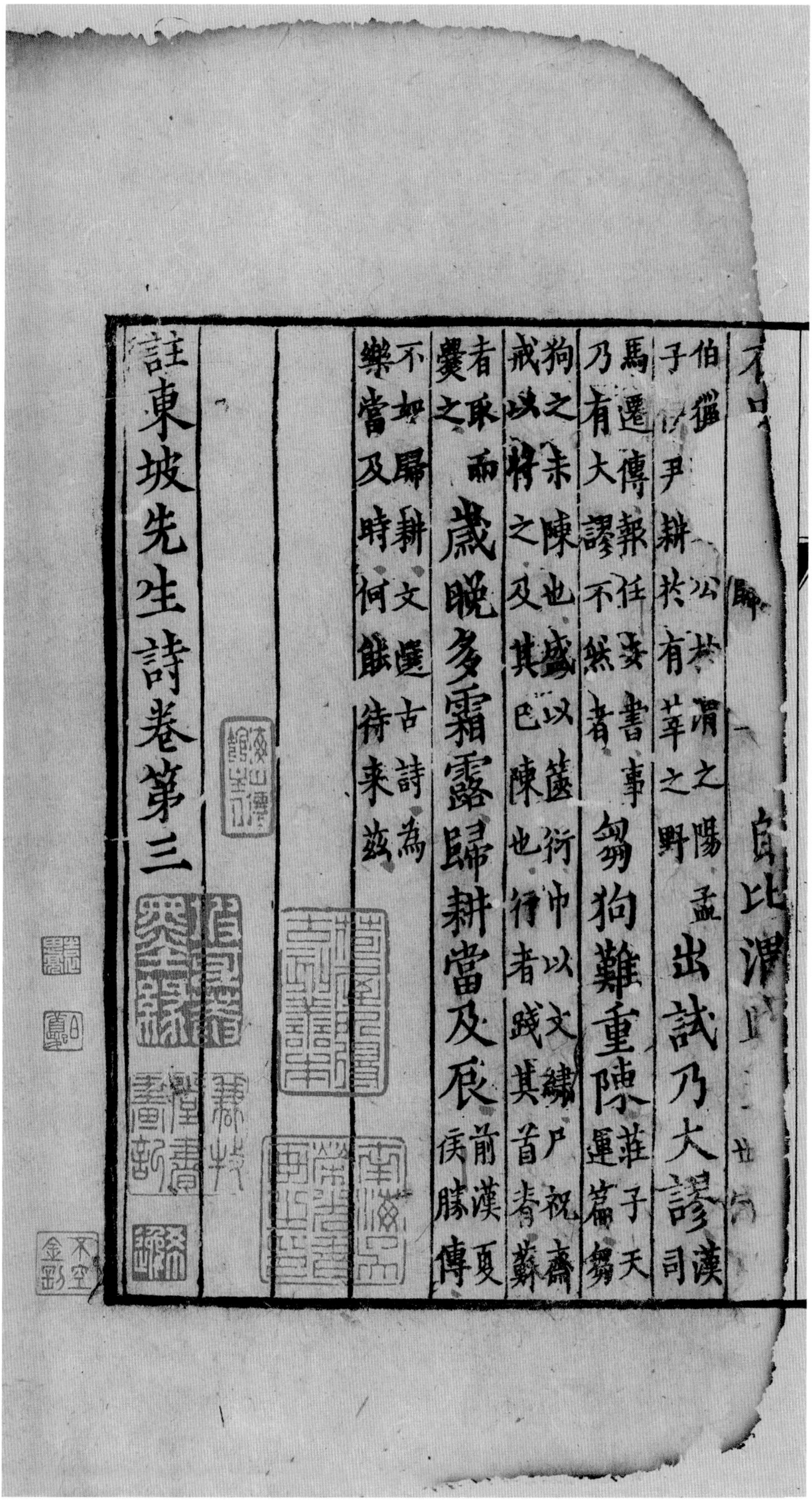
自比渭上
伯獵公於渭之陽孟子伊尹耕於有莘之野出試乃大謬漢司馬遷傳報任安書事乃有大謬不然者芻狗難重陳莊子天運篇芻狗之未陳也盛以篋衍巾以文繡尸祝齋戒以將之及其已陳也行者踐其首脊蘇者取而爨之歲晚多霜露歸耕當及辰前漢夏侯勝傳不如歸耕文選古詩為樂當及時何能待來茲
註東坡先生詩卷第三

卷三，卷首卷尾歷代名人印章「遍鈐印記，至無隙地」。

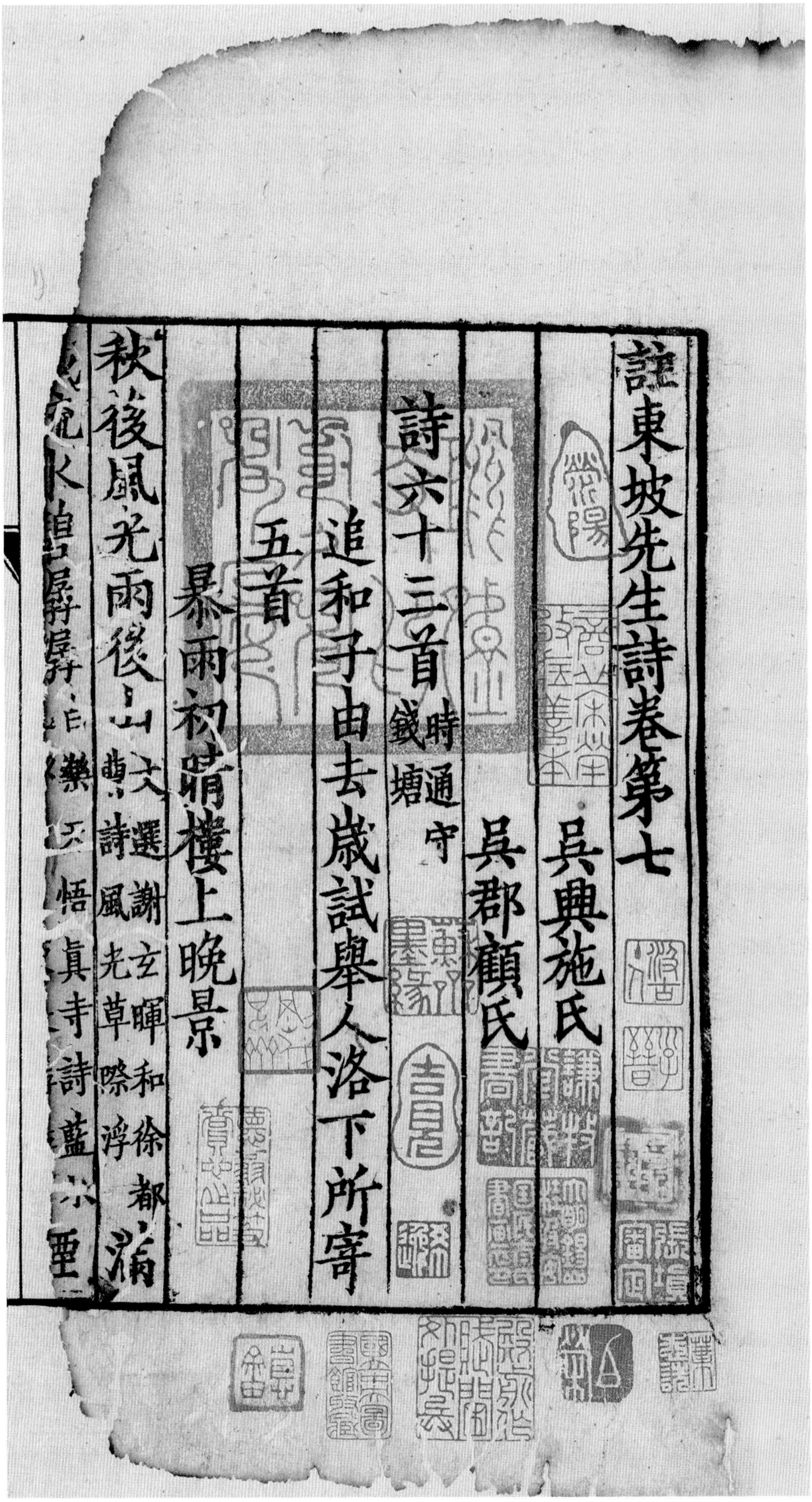
註東坡先生詩卷第七
吳興施氏
吳郡顧氏
詩六十三首 時通守錢塘
追和子由去歲試舉人洛下所寄 五首
暴雨初晴樓上晚景
秋後風光雨後山 文選謝玄暉和徐都曹詩風光草際浮
白樂天悟真寺詩藍水

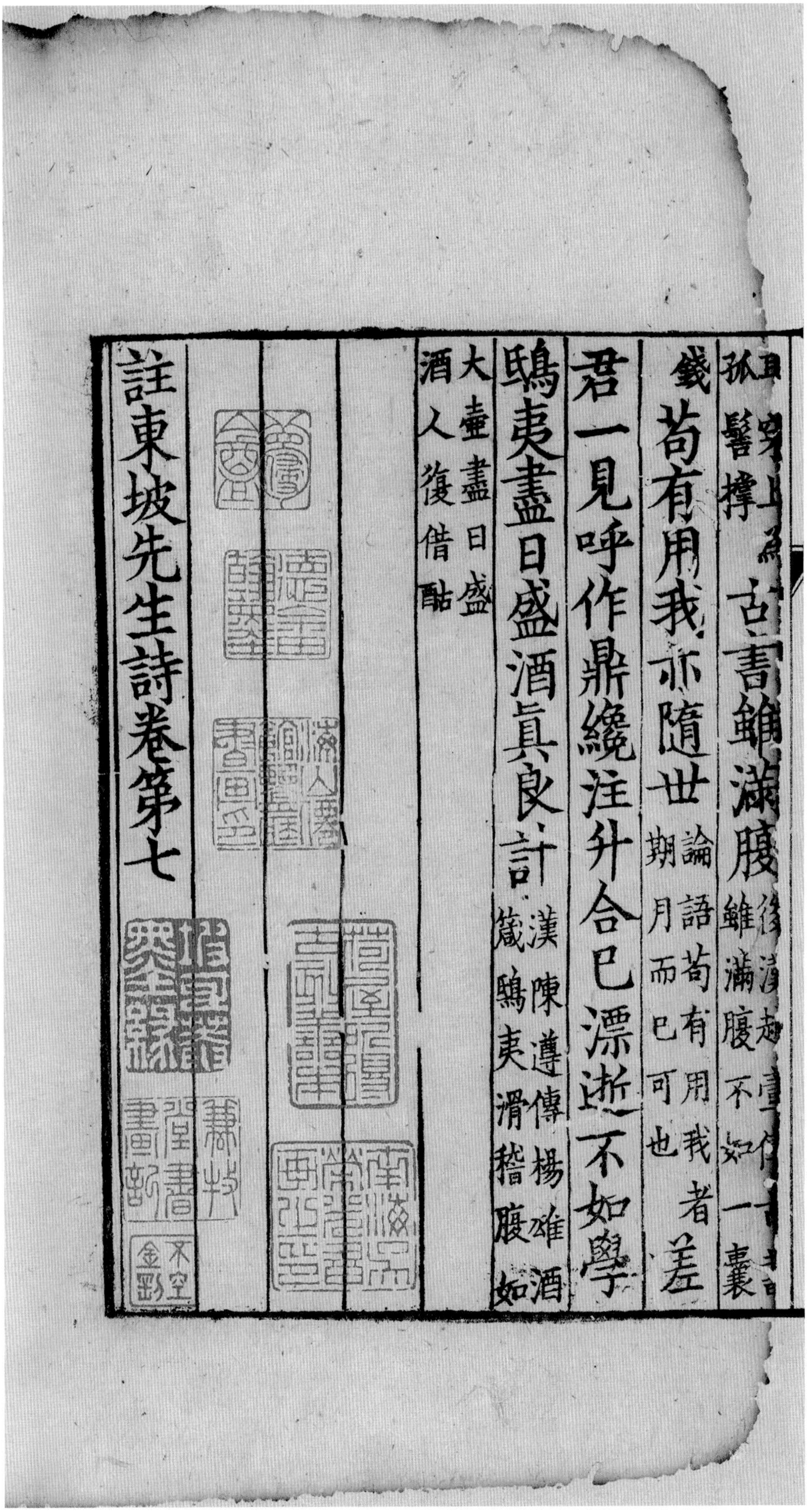

孤髻撐古書雖滿腹後漢趙壹傳雖滿腹不如一囊錢苟有用我亦隨世論語苟有用我者朞月而已可也差君一見呼作鼎鐺注升合已漂逝不如學鴟夷盡日盛酒眞良計漢陳遵傳楊雄酒箴鴟夷滑稽腹如大壺盡日盛酒人復借酤

註東坡先生詩卷第七

卷七，卷首卷尾歷代名人印章「遍鈐印記，至無隙地」。

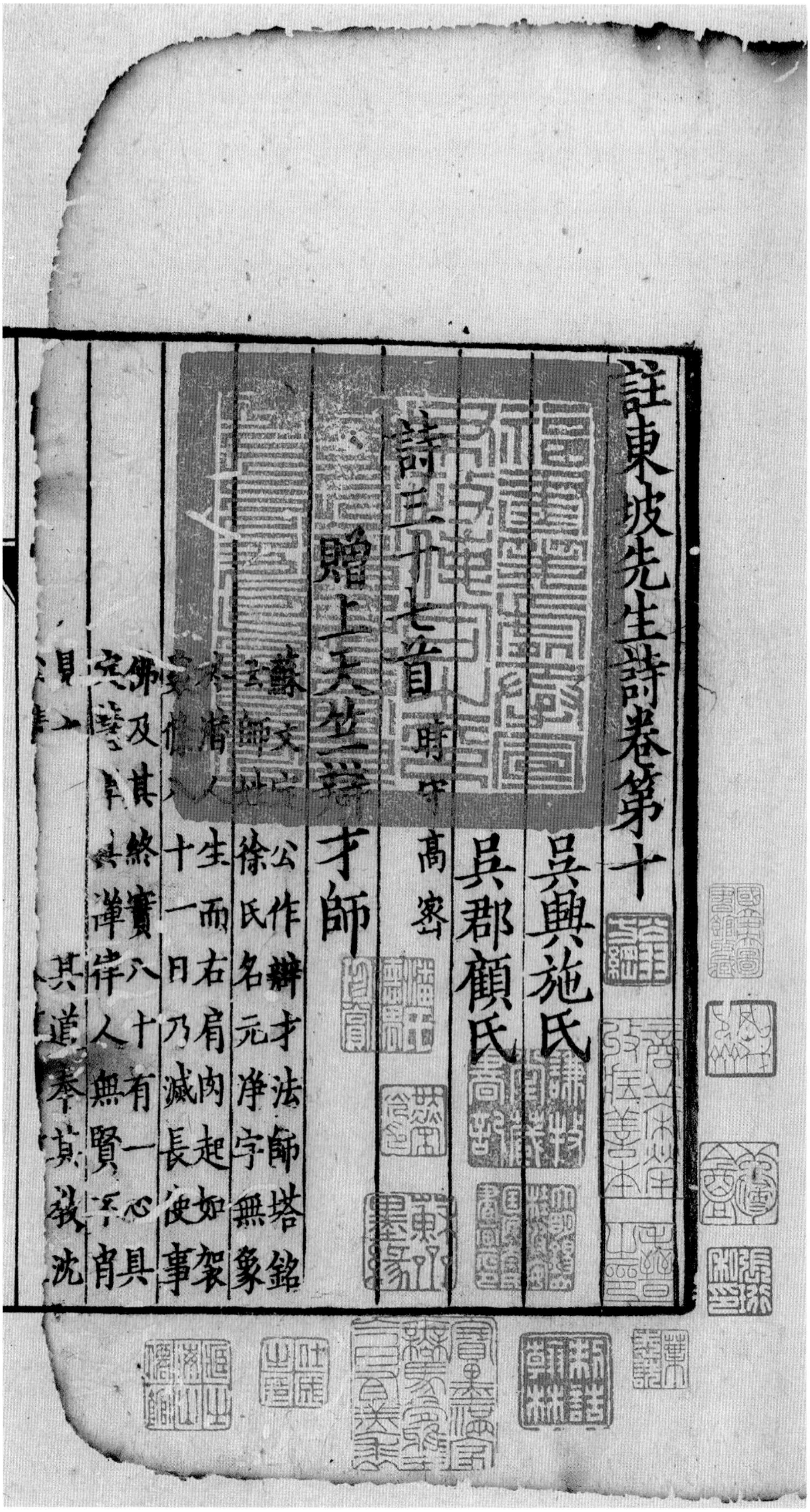
註東坡先生詩卷第十

吳興施氏

吳郡顧氏

詩三十七首　時守高密

贈上天竺辯才師

蘇文忠公作辯才法師塔銘

云師姓徐氏名元淨字無象

於潛人生而右肩肉起如袈

裟絛八十一日乃滅長使事

佛及其終實八十有一心具

究竟[illegible]律人無賢不肖

[illegible]其道參寥[illegible]沈

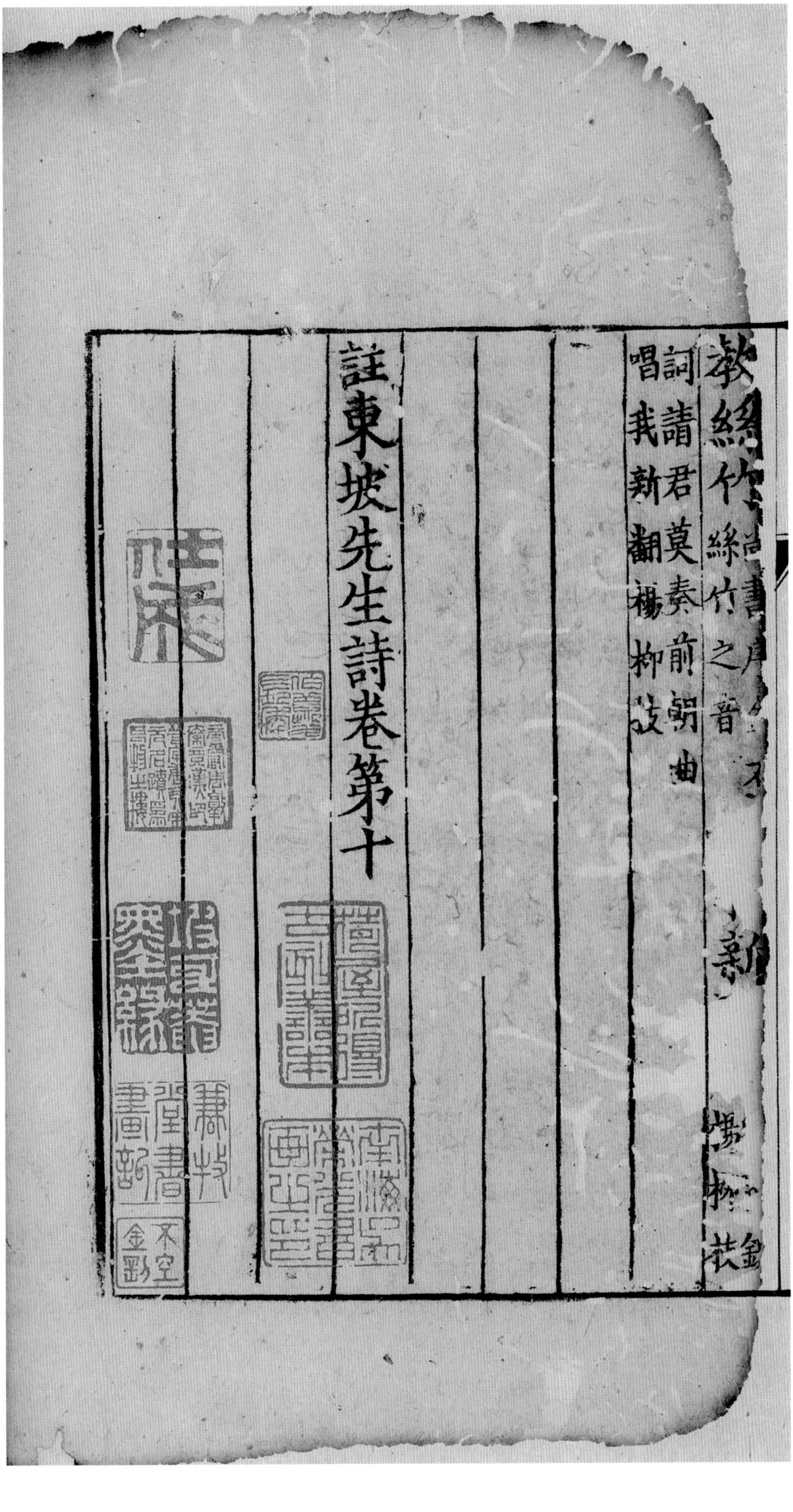
教絲竹 絲竹之音 新
詞請君莫奏前朝曲
唱我新翻楊柳枝
註東坡先生詩卷第十

卷十，卷首卷尾歷代名人印章。

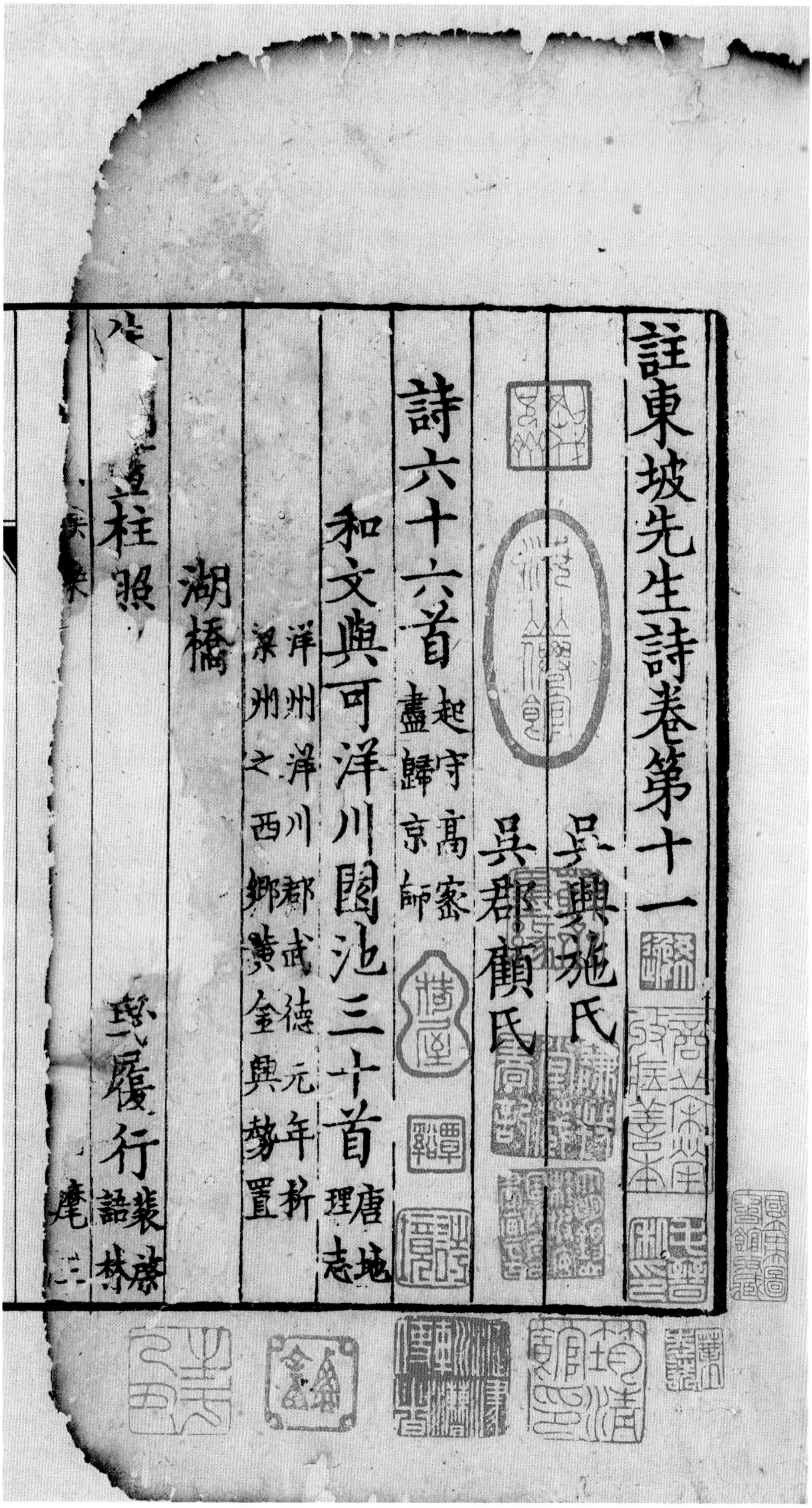
註東坡先生詩卷第十一

吳興施氏

吳郡顧氏

詩六十六首 起守高密盡歸京師

和文與可洋川園池三十首 唐地理志洋州洋川郡武德元年析梁州之西鄉黃金興勢置

湖橋

[illegible]柱照[illegible]

[illegible]曳履行 裴啓語林

[illegible]麈[illegible]

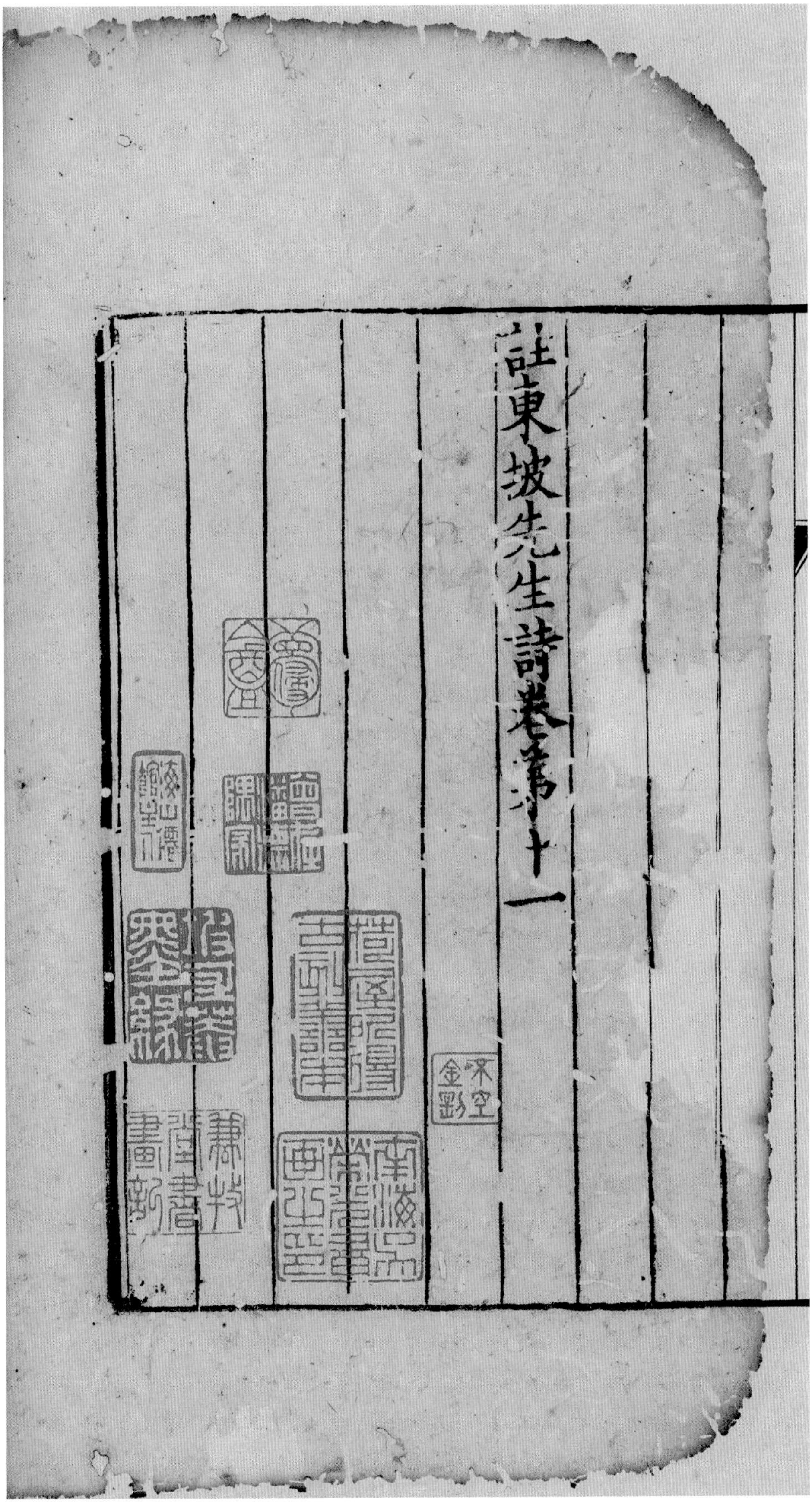

卷十一，卷首卷尾歷代名人印章。

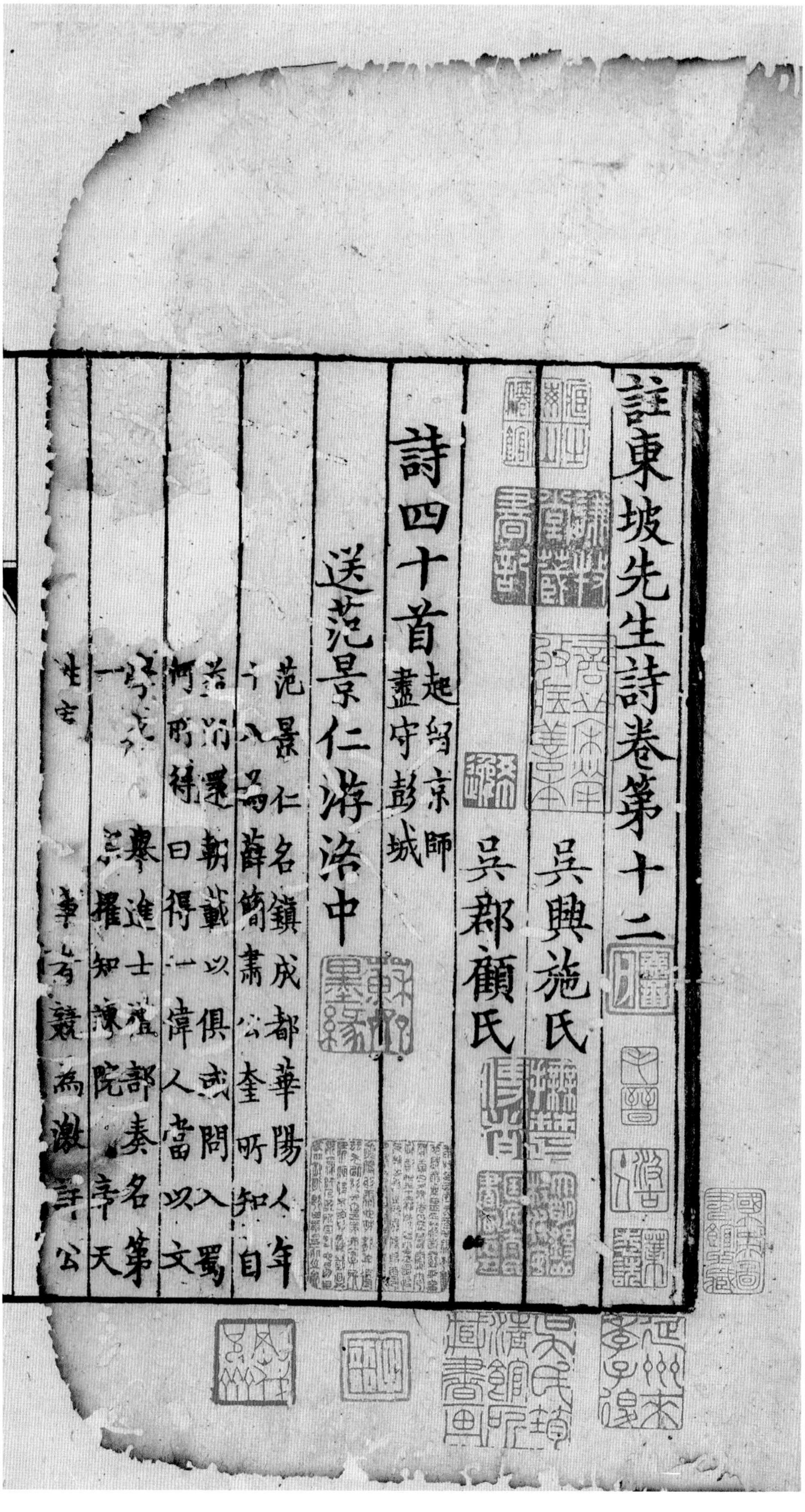
註東坡先生詩卷第十二

吳興施氏

吳郡顧氏

詩四十首 起留京師 盡守彭城

送范景仁游洛中

范景仁名鎮成都華陽人年十八為薛簡肅公奎所知自[illegible][illegible]還朝載以俱或問入蜀何所得曰得一偉人當以文[illegible][illegible][illegible]舉進士禮部奏名第一[illegible][illegible]擢知諫院卒[illegible]天[illegible][illegible]事有競為激訐公

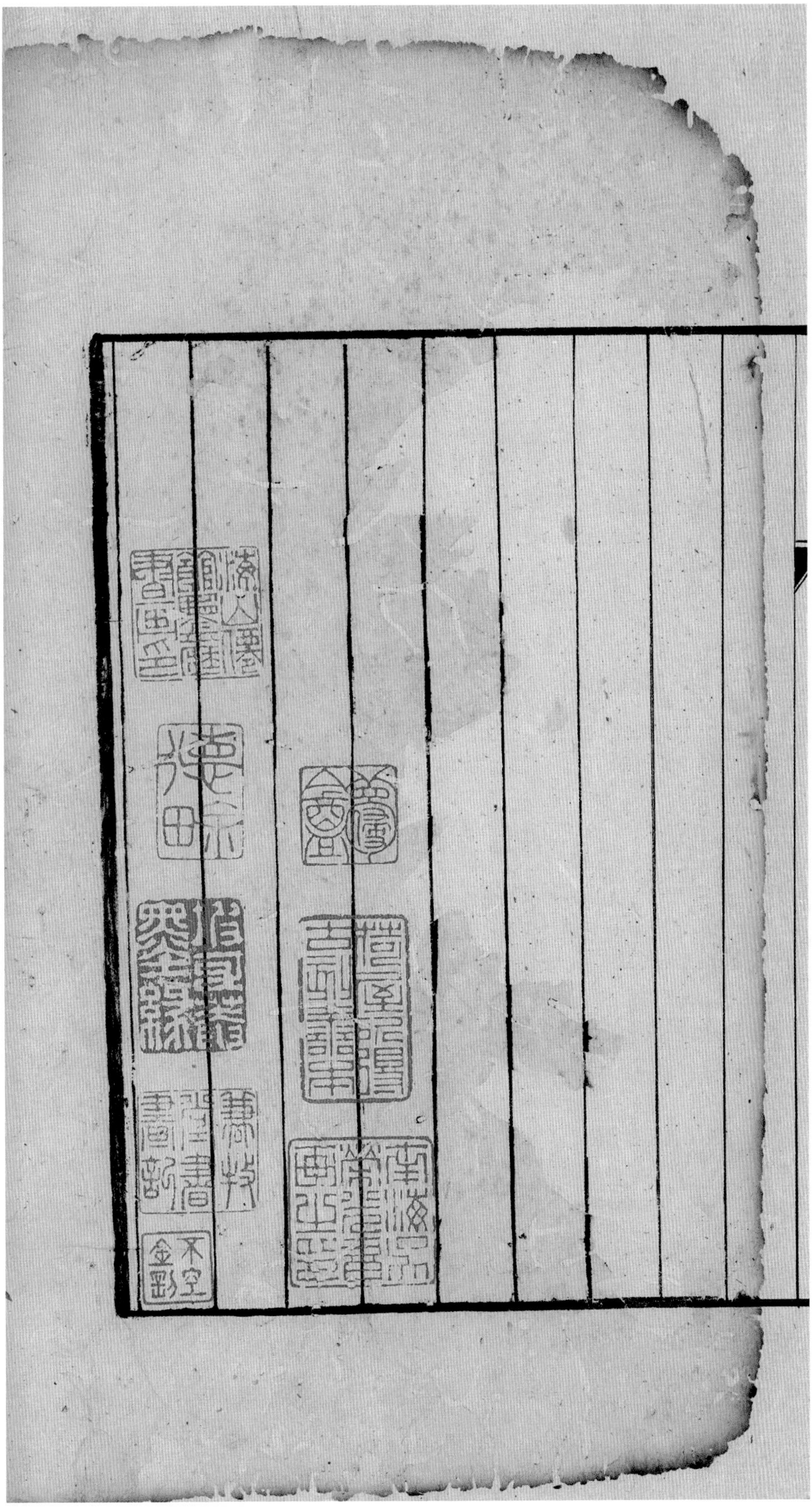

卷十二，卷首卷尾歷代名人印章。

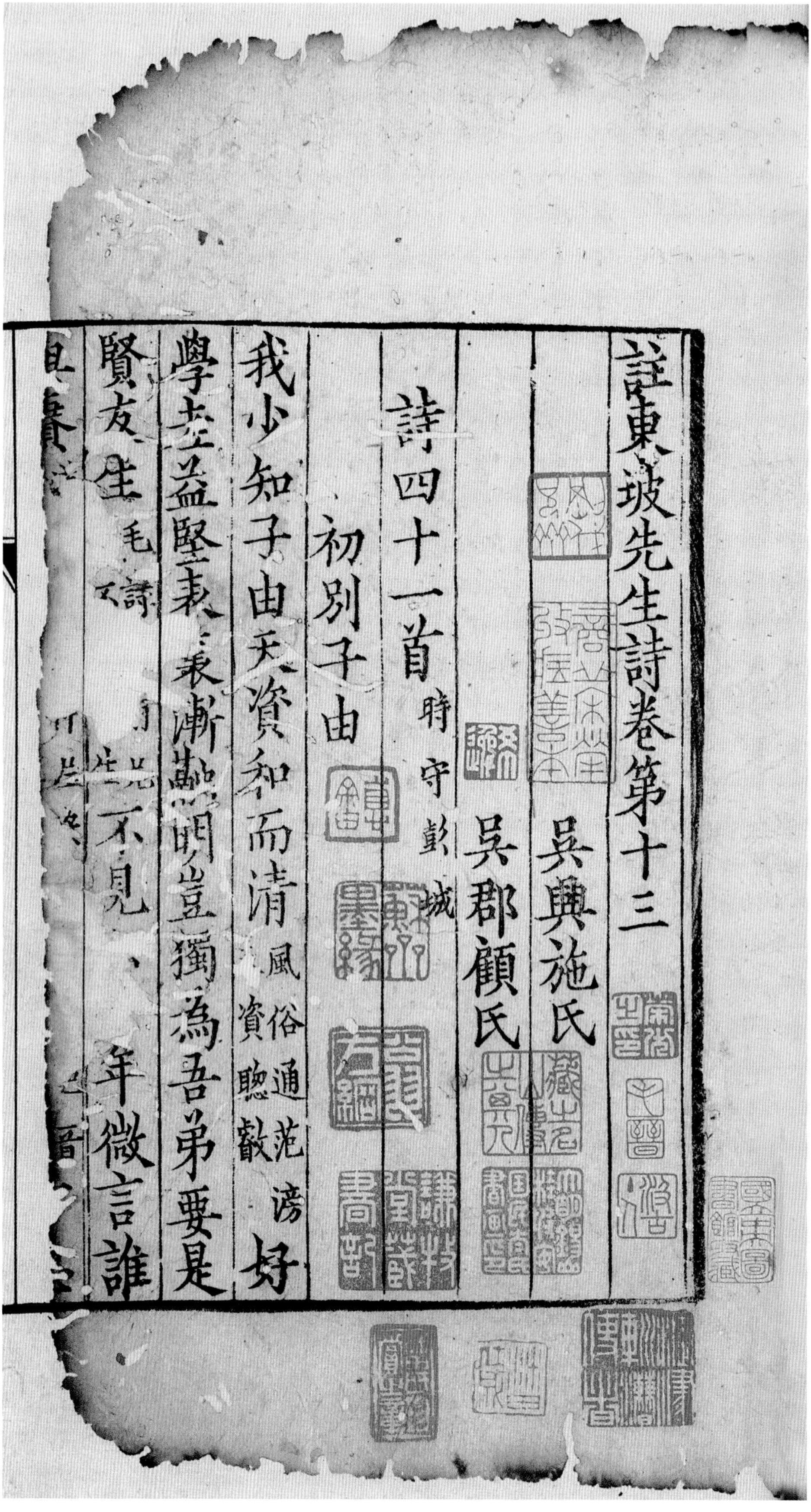
註東坡先生詩卷第十三
吳興施氏
吳郡顧氏
詩四十一首 時守彭城
初別子由
我少知子由天資和而清 風俗通范滂資聰叡 好
學老益堅表裏漸融明豈獨為吾弟要是
賢友生 毛詩 不見 年微言誰

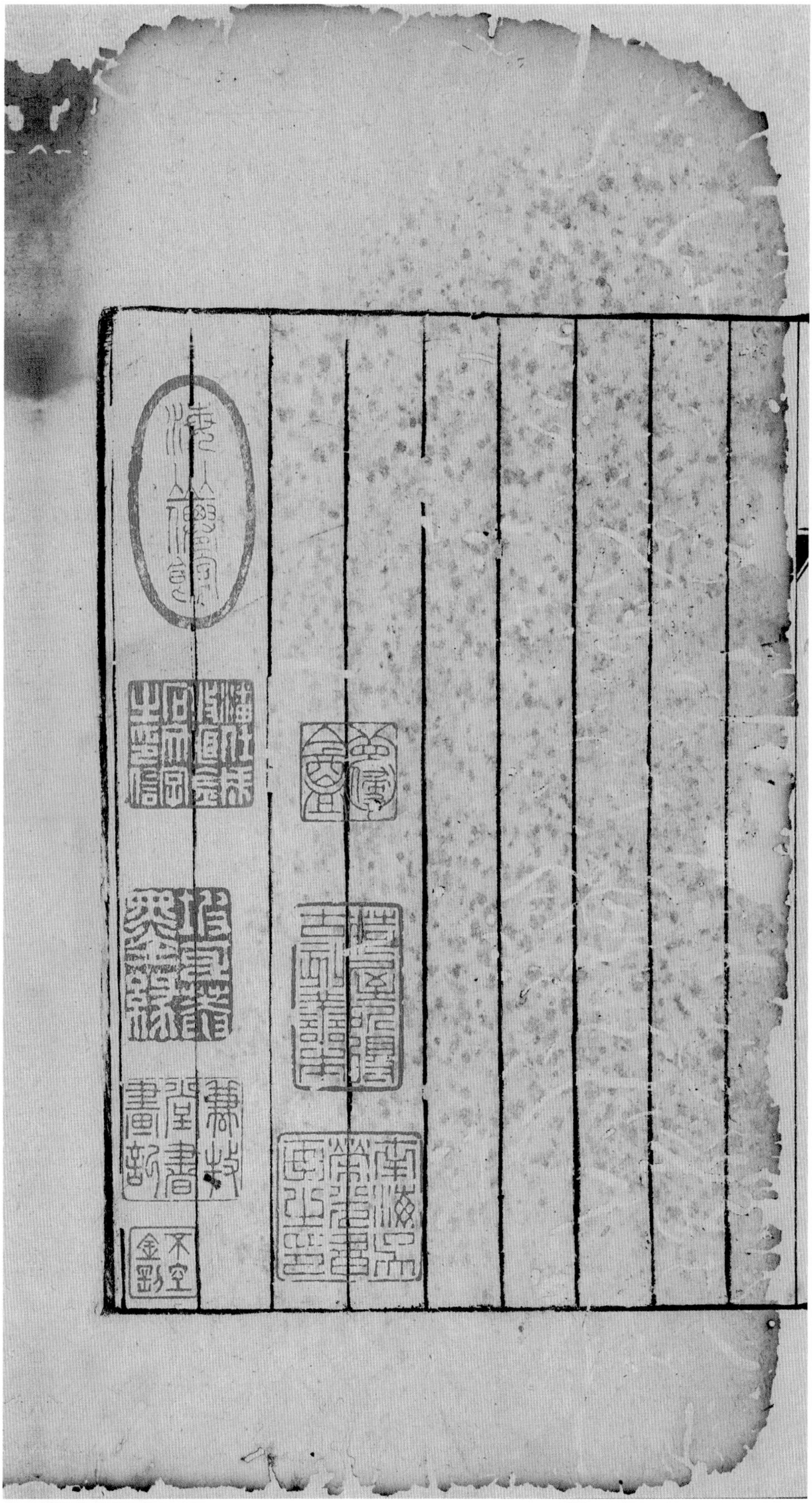

卷十三，卷首卷尾歷代名人印章。

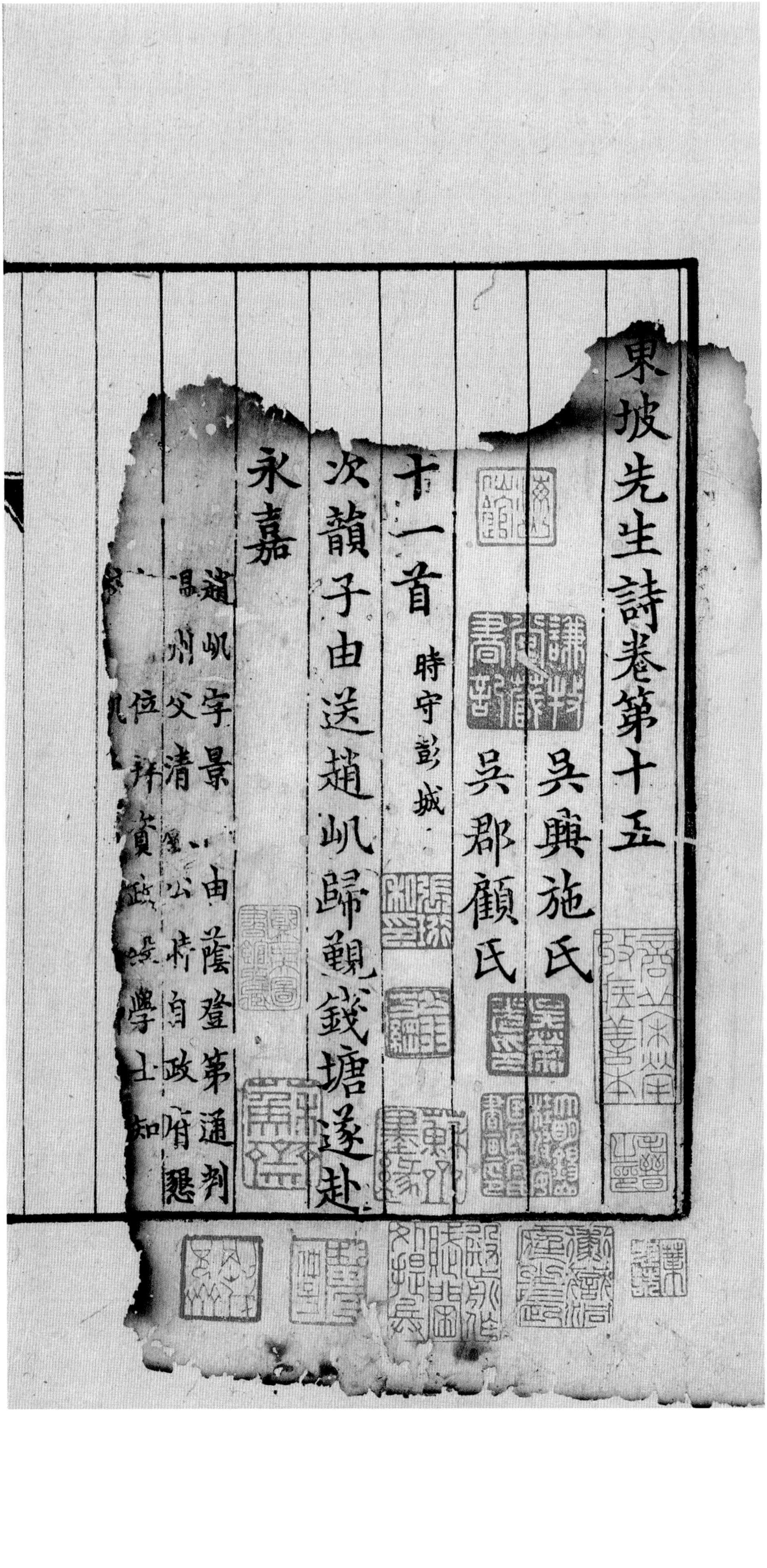

東坡先生詩卷第十五

吳興施氏

吳郡顧氏

十一首 時守彭城

次韻子由送趙屼歸覲錢塘遂赴

永嘉

趙屼字景[illegible]由蔭登第通判

溫州父清獻公抃自政府懇

[illegible]位拜資政殿學士知

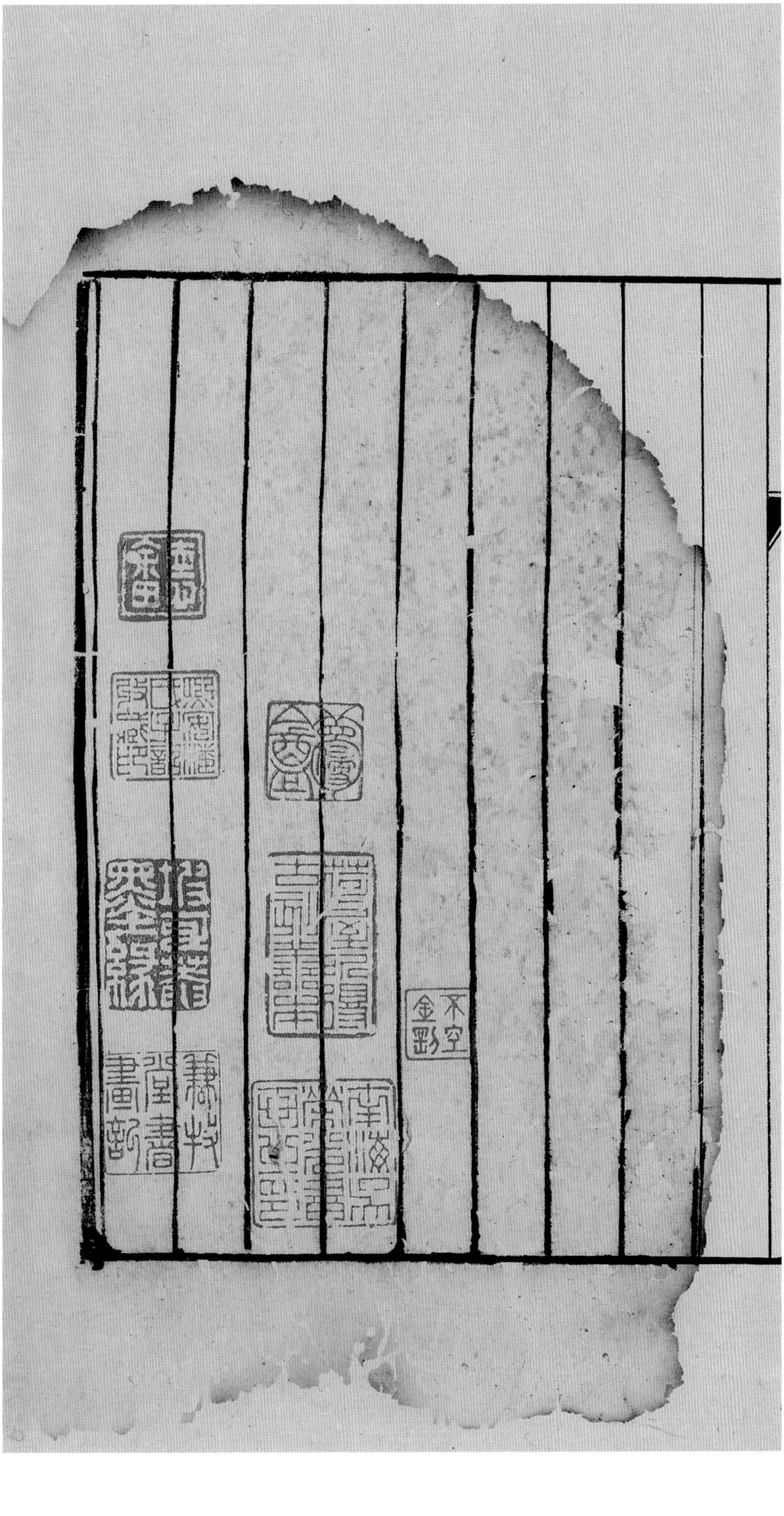

卷十五，卷首卷尾歷代名人印章。

吳興施氏

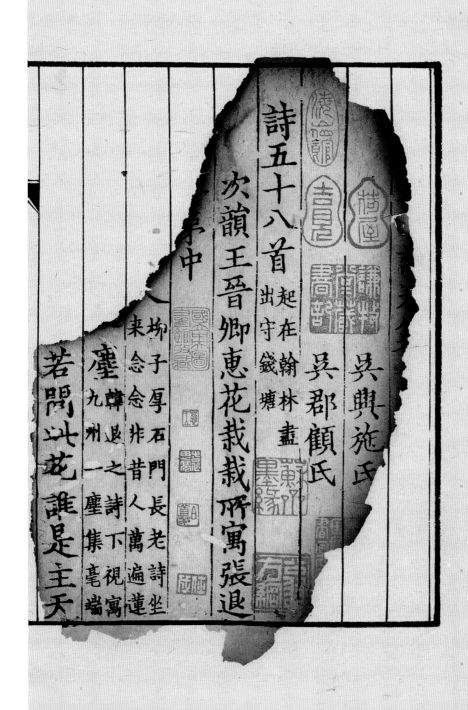

吳郡顧氏

詩五十八首 起在翰林盡出守錢塘

次韻王晉卿惠花栽栽所寓張退

[illegible]亭中

柳子厚石門長老詩坐来念念非昔人萬遍蓮

…塵 韓退之詩下視寓九州一塵集毫端

若問此花誰是主天

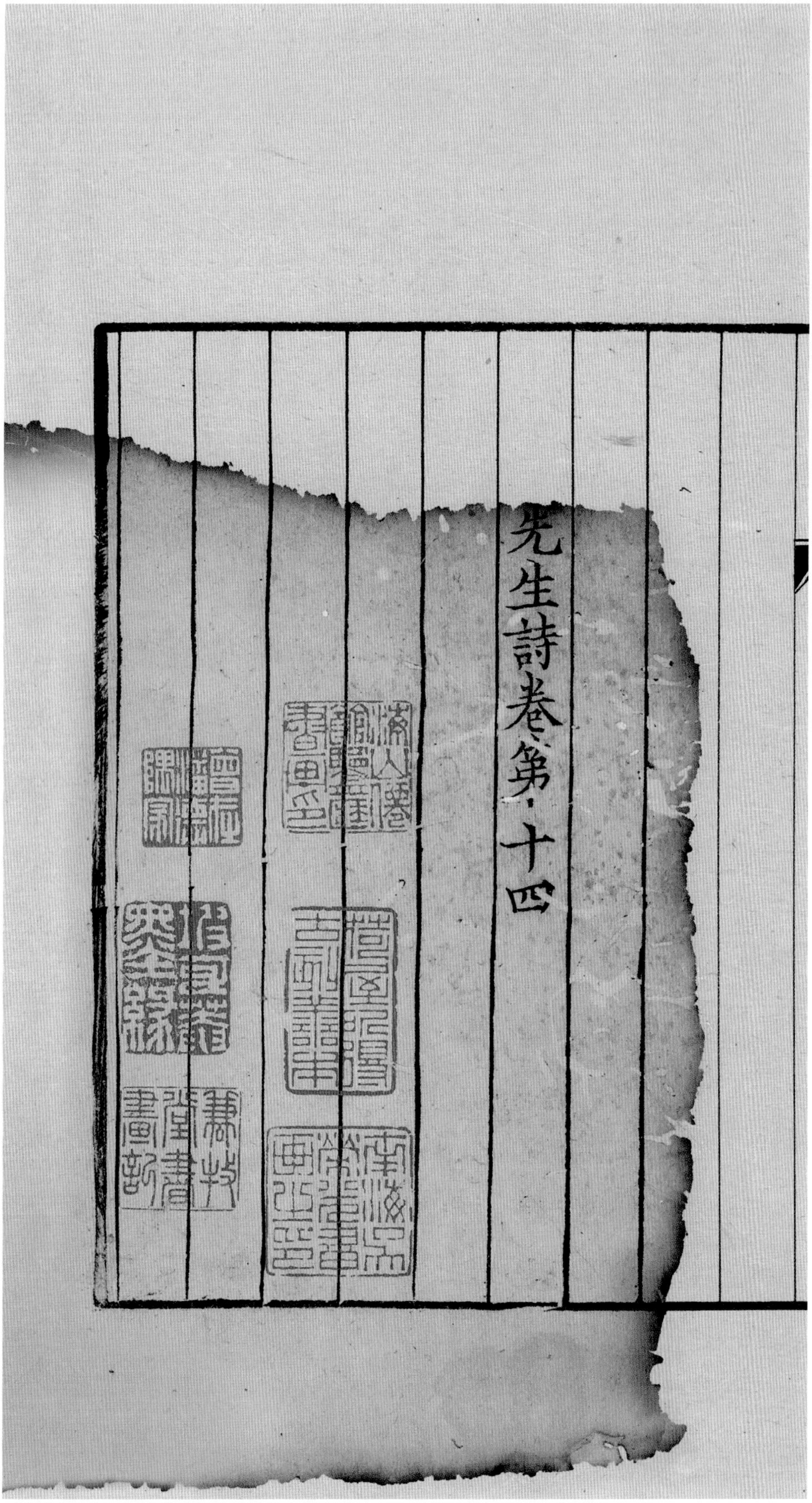

卷三十七卷首、卷十四卷尾歷代名人印章。

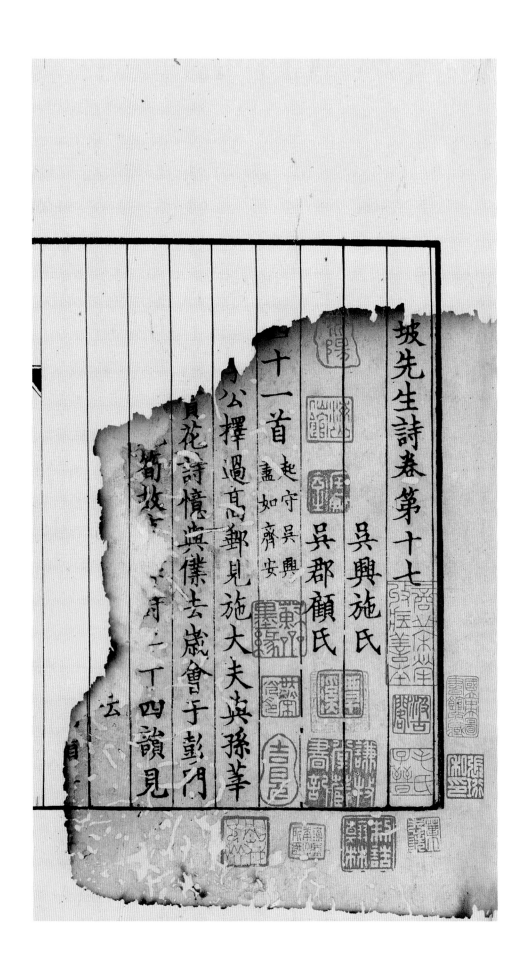

坡先生詩卷第十七

吳興施氏

吳郡顧氏

二十一首 起守吳興盡如齊安

公擇過高郵見施大夫與孫莘

貞花詩憶與僕去歲會于彭門

蜀坡[illegible]寺二丁四韻見

云

自

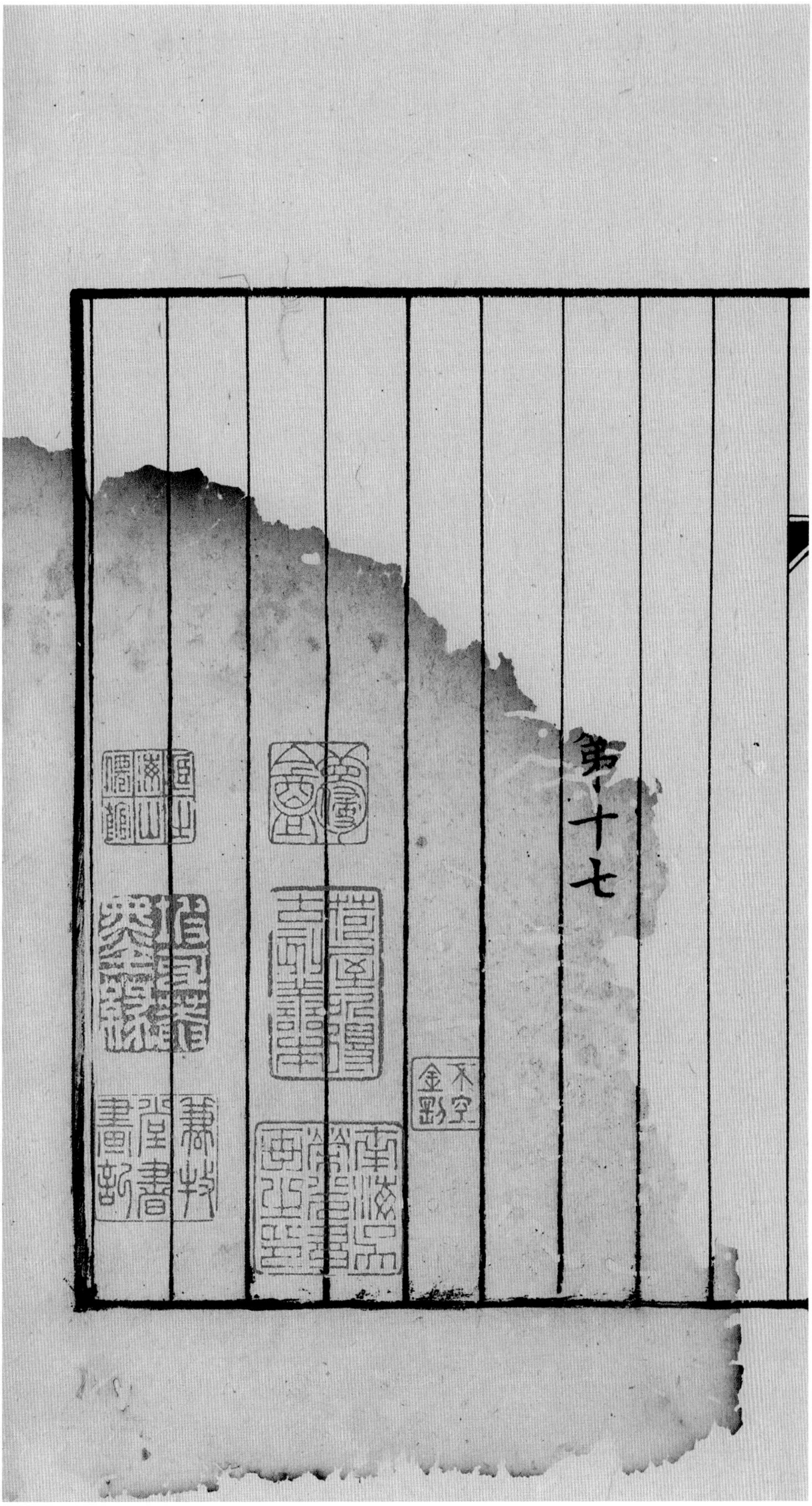

卷十七，卷首卷尾歷代名人印章。

吳興[illegible]

吳郡顧氏

詩五十七首 起在禮部盡遷讃南

次韻錢穆父馬上寄蔣穎叔二首

玉關不用一丸泥 後漢隗囂傳囂將王元曰請以一丸泥為大王東封函谷關

自有長城鳥鼠西 唐李勣傳治并州十六年以威肅聞帝嘗曰煬帝不擇人守邊勞中國築長城以備虜今我用勣守并突厥不敢南嚮[illegible]遠矣尚書西傾朱圉鳥鼠孔[illegible]安[illegible]在隴西之西[illegible]州[illegible]南[illegible]

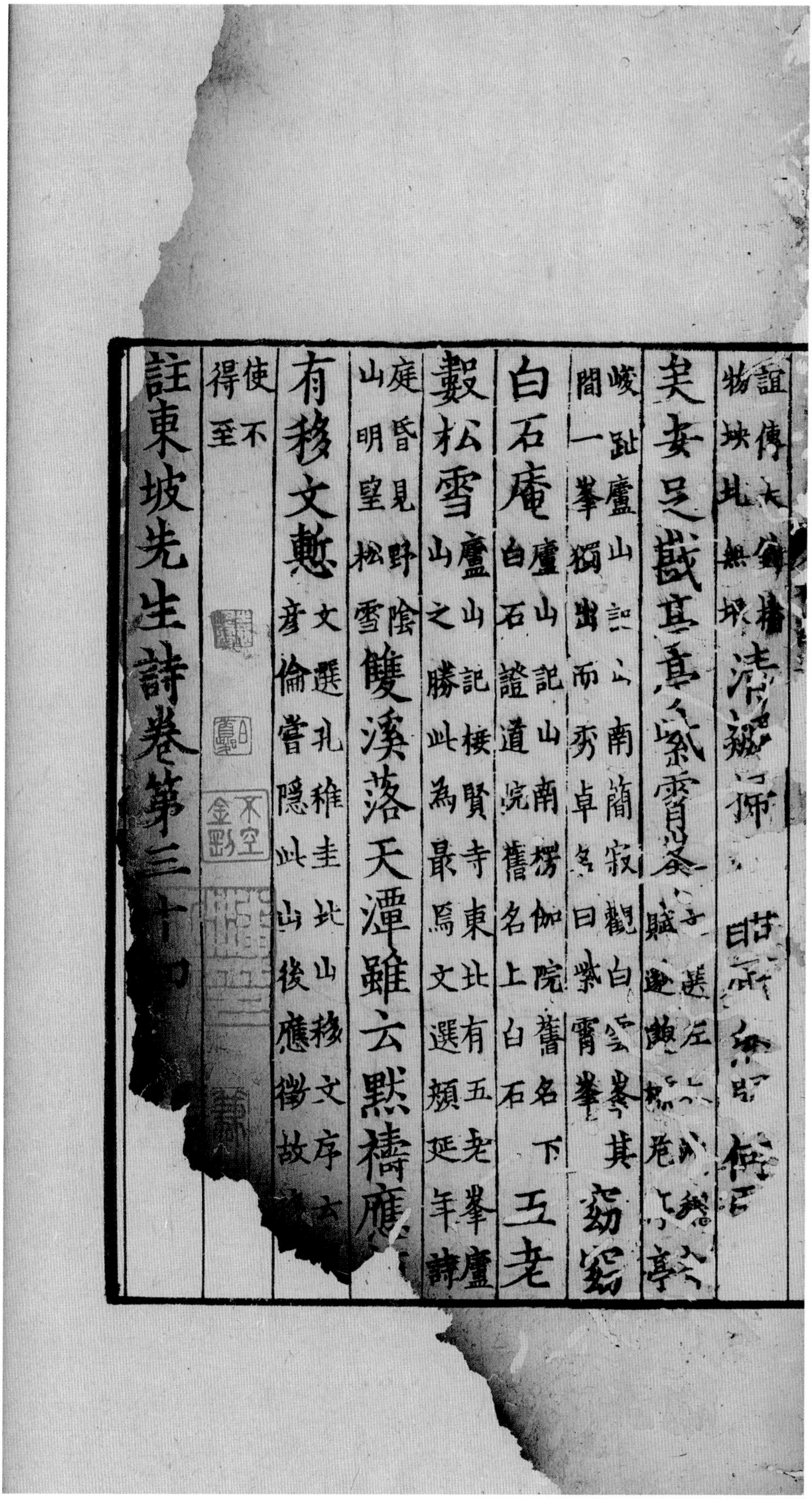
諠傳大鈞播物坱圠無垠 淸[illegible]

矣安足戲嵓嵓紫霄峯 [illegible]

峻趾廬山記云南簡寂觀白雲峯其間一峯獨出而秀卓名曰紫霄峯 窈窕

白石庵 廬山記山南楞伽院舊名白石證道院舊名上白石下 五老

數松雪 廬山記棲賢寺東北有五老峯廬山之勝此為最爲文選顏延年詩庭昏見野陰山明望松雪 雙溪落天潭雖云默禱應

有移文慙 文選孔稚圭北山移文序云彥倫嘗隱此山後應徵故[illegible]使不得至

註東坡先生詩卷第三十四

卷三十四，卷首卷尾歷代名人印章。

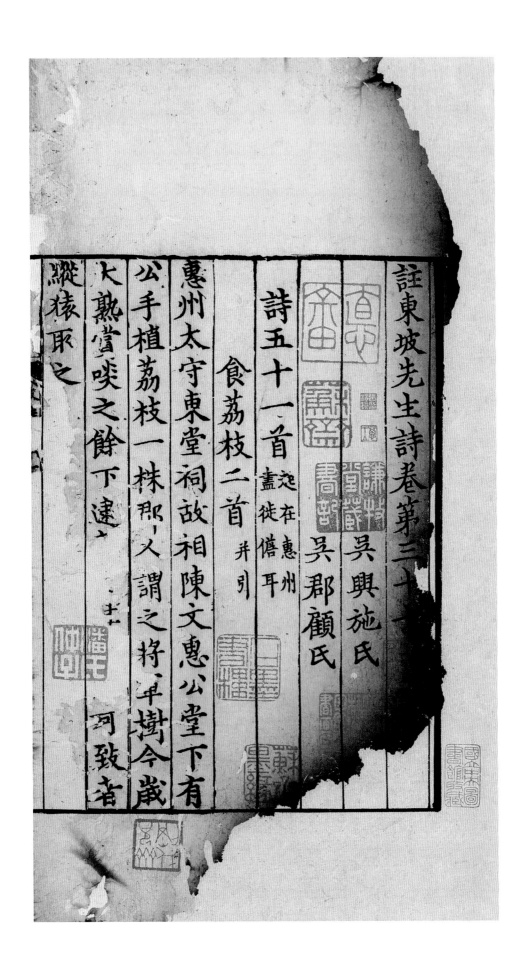

註東坡先生詩卷第三十

吳興施氏

吳郡顧氏

詩五十一首 起在惠州盡徙儋耳

食荔枝二首 并引

惠州太守東堂祠故相陳文惠公堂下有公手植荔枝一株郡人謂之將軍樹今歲大熟賞啖之餘下逮[illegible]可致者縱猿取之

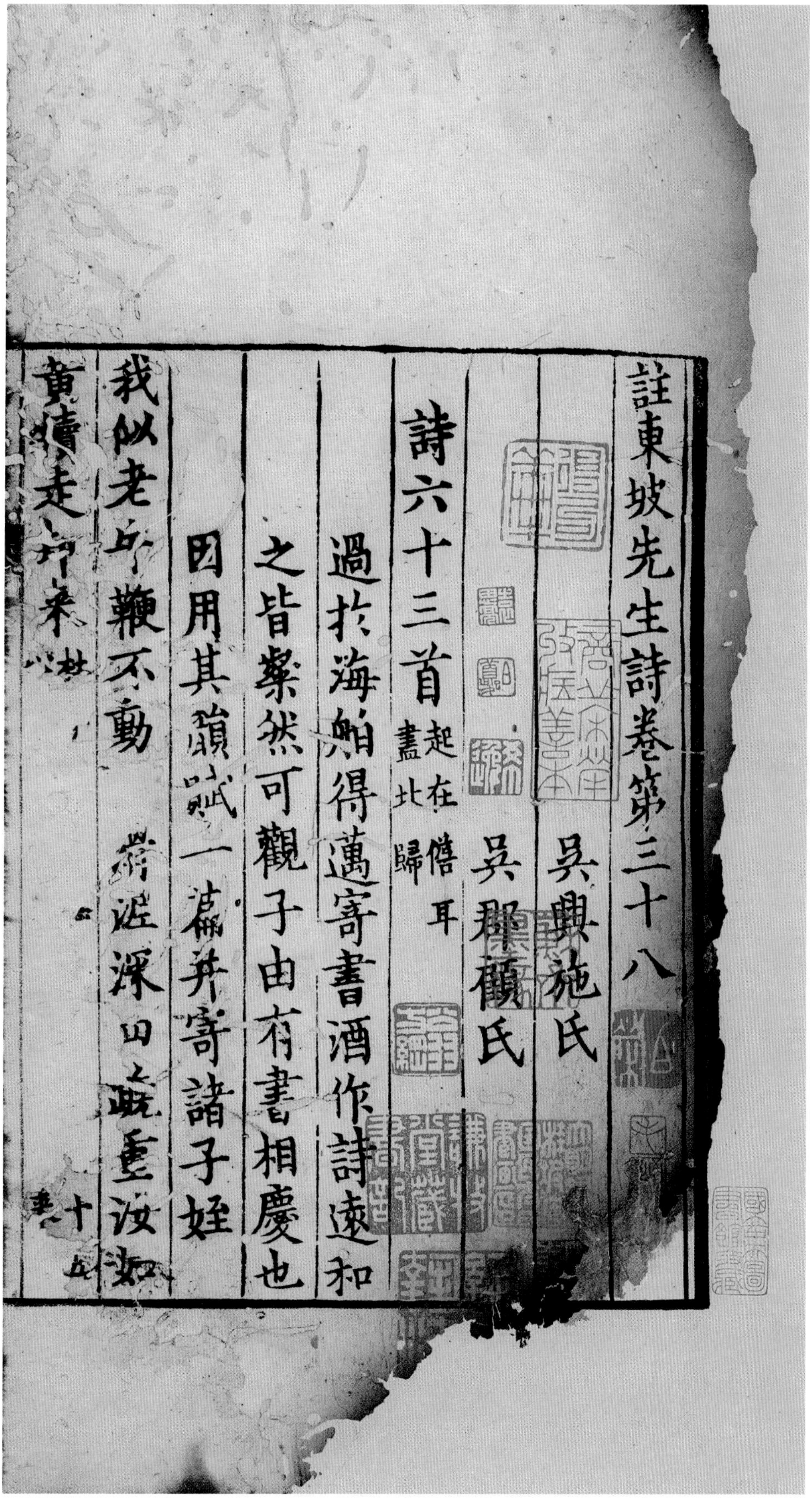
註東坡先生詩卷第三十八
吳興施氏
吳郡顧氏
詩六十三首 起在儋耳盡北歸
過於海舶得邁寄書酒作詩遠和
之皆粲然可觀子由有書相慶也
因用其韻賦一篇并寄諸子姪
我似老牛鞭不動 雨滑泥深四蹄重汝如
黃犢走却來

卷三十七、卷三十八，卷首歷代名人印章。

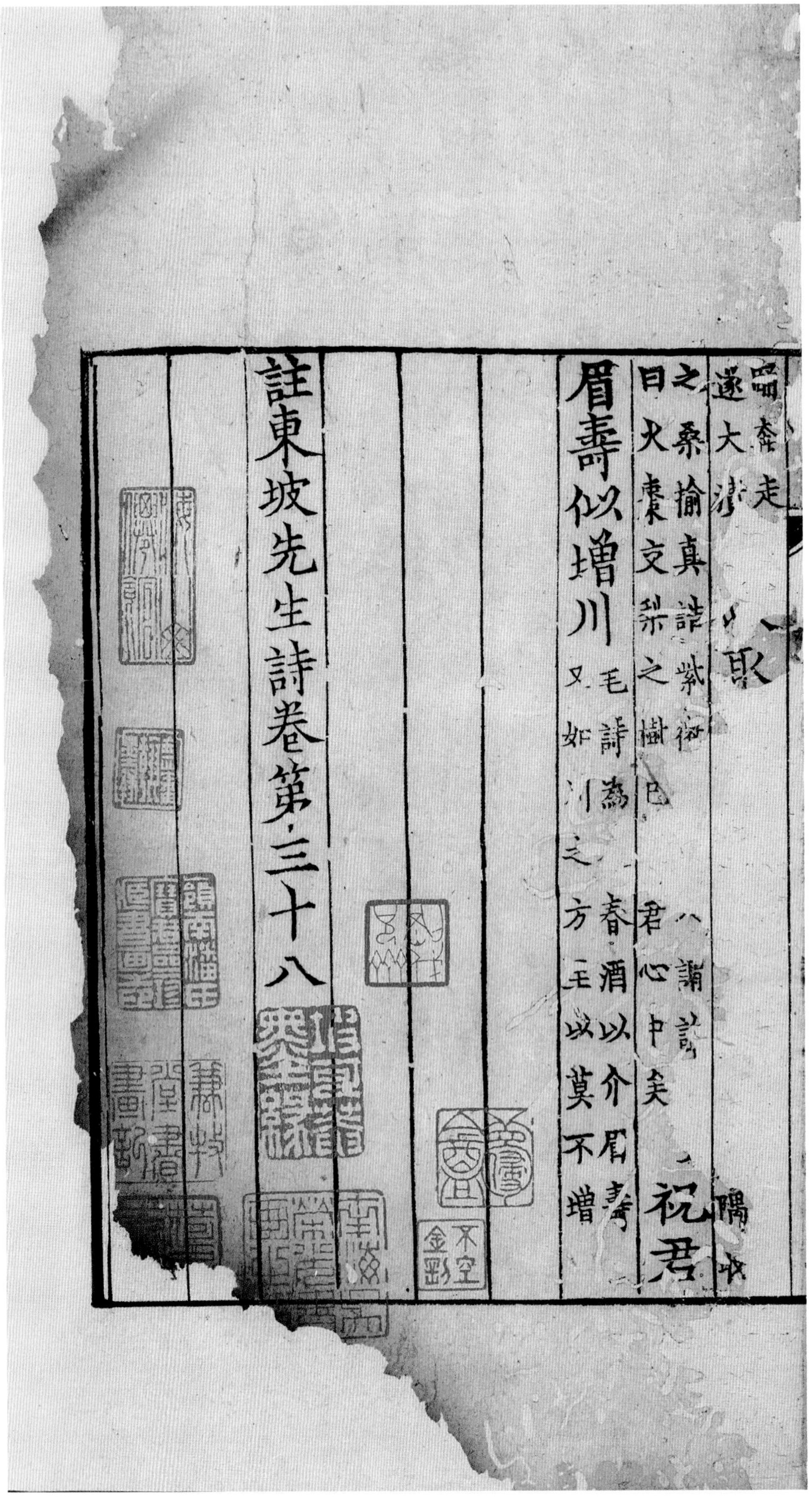

嗚奔走遂大澤取隅收

之桑揄真詩紫微八謂詩日火棗文梨之樹巳君心中矣祝君

眉壽似增川毛詩為春酒以介眉壽又如川之方至以莫不增

註東坡先生詩卷第三十八

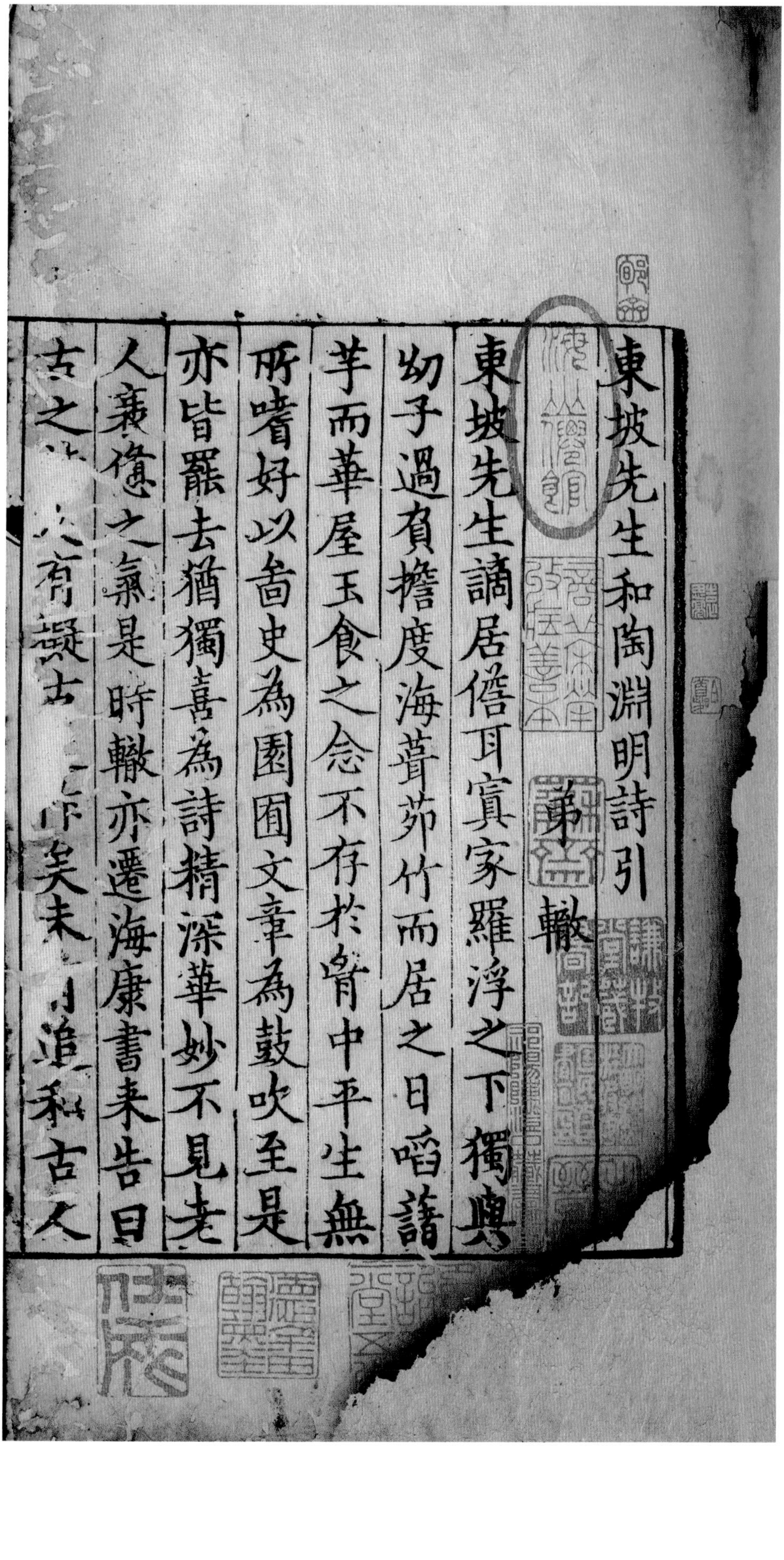
東坡先生和陶淵明詩引

弟 轍

東坡先生謫居儋耳寘家羅浮之下獨與幼子過負擔度海葺茆竹而居之日啗藷芋而華屋玉食之念不存於胷中平生無所嗜好以圖史為園囿文章為鼓吹至是亦皆罷去猶獨喜為詩精深華妙不見老人衰憊之氣是時轍亦遷海康書來告曰古之詩人有擬古之作矣未有追和古人

卷三十八卷尾、卷四十一《和陶詩》歷代名人印章。

註東坡先生詩卷第四十一

吳興施氏

吳郡顧氏

追和陶淵明詩五十四首

飲酒二十首 并引

吾飲酒至少常以把盞為樂往往頹然坐睡人見其醉而吾中了然蓋莫能名其為醉為醒也在揚州飲酒過午輒罷客去解衣槃礴終日歡不足而適有餘因和淵明

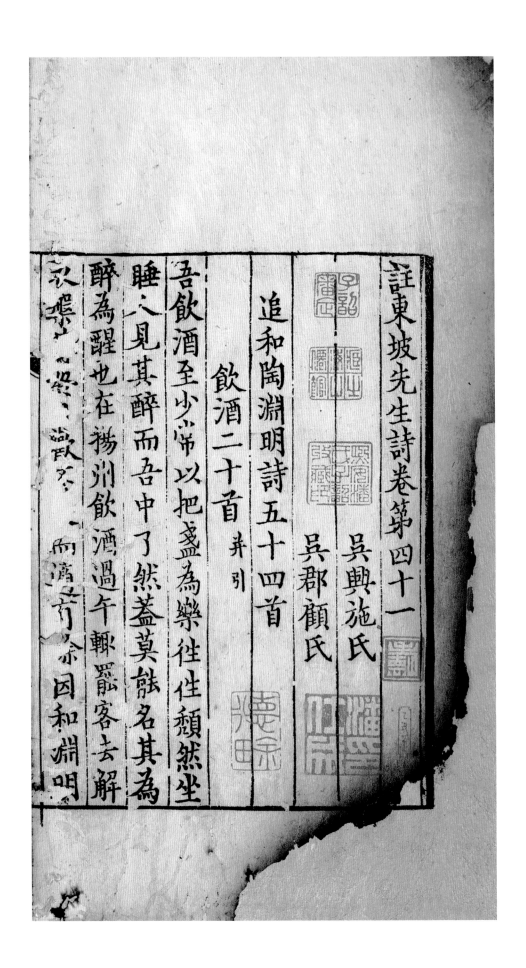

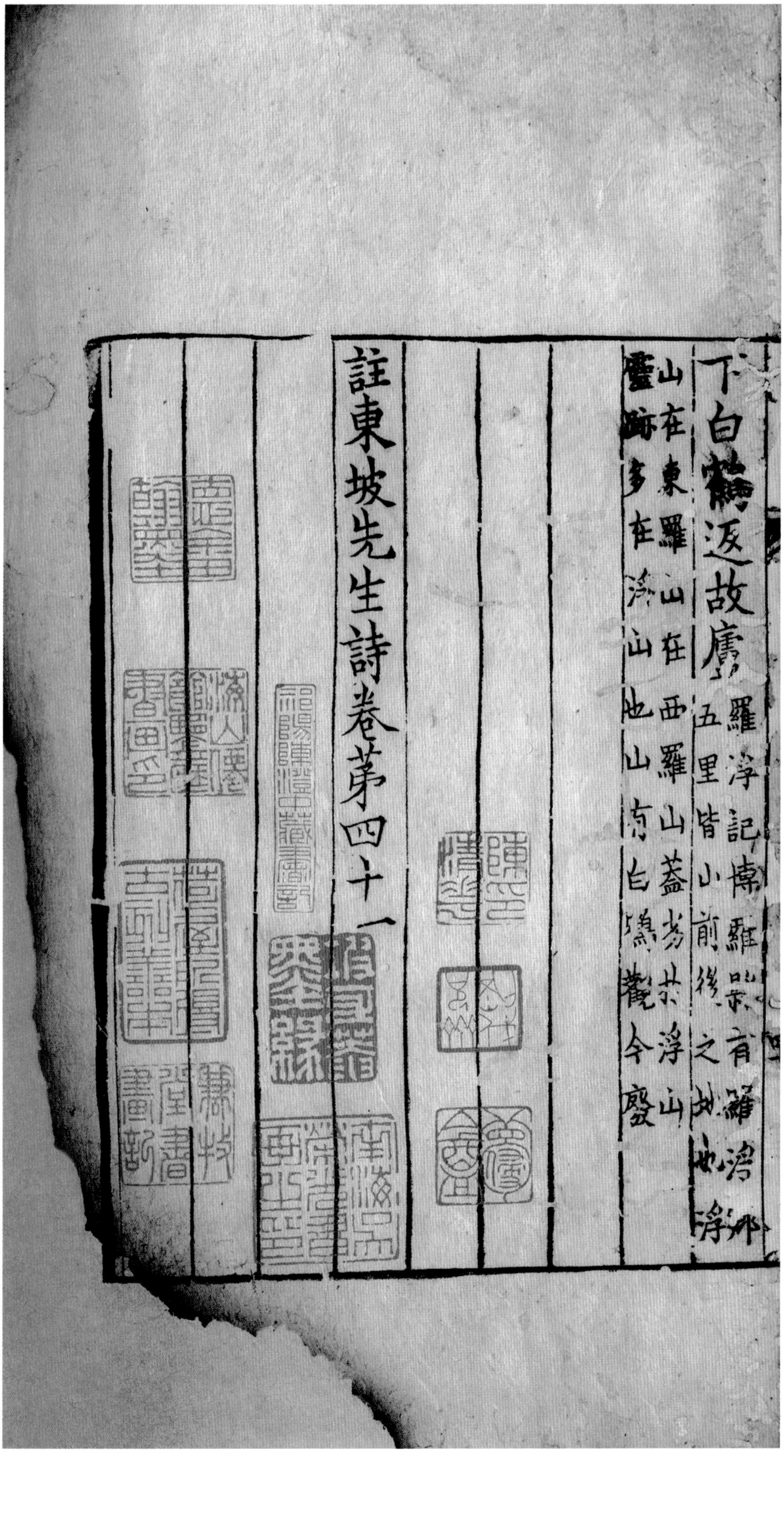
下白鶴返故居　羅浮記博羅縣有羅浮山……五里皆小前後之地也浮……山在東羅山在西羅山蓋者共浮山靈跡多在浮山也山有白鶴觀今廢

註東坡先生詩卷苐四十一

卷四十一，卷首卷尾歷代名人印章。

附錄　十三位遞藏家小傳

宋犖

嘉定本藏書者，鑑藏家、書畫家

宋犖字牧仲，河南商丘人，晚號西陂老人、西陂放鴨翁。據《西陂藏書目》記載，宋犖的藏書有數萬冊之多，為江南第一收藏大家。清康熙年間曾任吏部尚書，博學嗜古，工詩、詞古文、繪畫。

宋犖像。目錄下前副葉。

翁方綱

嘉定本藏書者、清代大書法家

嘉定本最早的收藏者為明嘉靖年間的安國，後為明末的毛晉，清初的宋犖、揆敘，第五位則是翁方綱。翁方綱得到此書視為珍寶，將書樓名為「寶蘇齋」，每年東坡生日時邀集賓客焚香設宴，當時的士林名流如桂馥、伊秉綬、姚鼐、錢大昕等好友，或題詩、題跋，以金液銀液書於瓷青紙護頁，以墨筆書於副頁，此即祭書之始。

翁方綱（號覃溪）四十一歲得此書極爲珍視，特請華冠繪像，

張塤爲贊語，桂馥書寫之。

安國

明·嘉靖年間

安國（1481—1534），字民泰，號桂坡，江蘇無錫人，爲明代著名出版家。安國的父親安祚因經營土地致富，安國繼承父業，從事各種商業活動。他喜歡收藏古玩玉器、珍本古籍等。曾用銅活字大量印書，在文化史上具有相當地位。

宋犖

清·康熙年間

宋犖（1634—1714），字牧仲，晚號西陂老人，河南商丘人。是清代政治人物以及詩人。康熙年間曾出任黃州通判、山東按察使、江蘇巡撫、吏部尚書等職。擅長詩文，精於鑑賞。

翁方綱

清·乾隆年間

翁方綱（1733—1818），字忠敘，號覃溪，晚號蘇齋，順天府大興人（今北京市）。翁方綱學識淵博，精通金石書畫，爲清代書法家、文學家、金石學家。乾隆十七年進士，官至內閣學士。乾隆三十八年得宋版《註東坡先生詩》，因喜愛東坡，特將書齋名爲「寶蘇齋」。

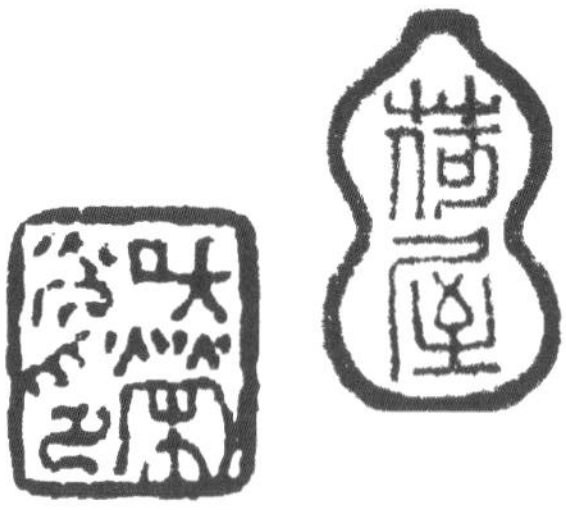

毛晉

明末

毛晉（1599—1659），字子晉，號潛在，江蘇常熟人，明末藏書家，室名汲古閣。早年師從錢謙益，藏書八萬四千餘冊，多爲宋、元刻本。毛晉終生致力於刻書，可說是歷代私家刻書家的佼佼者。

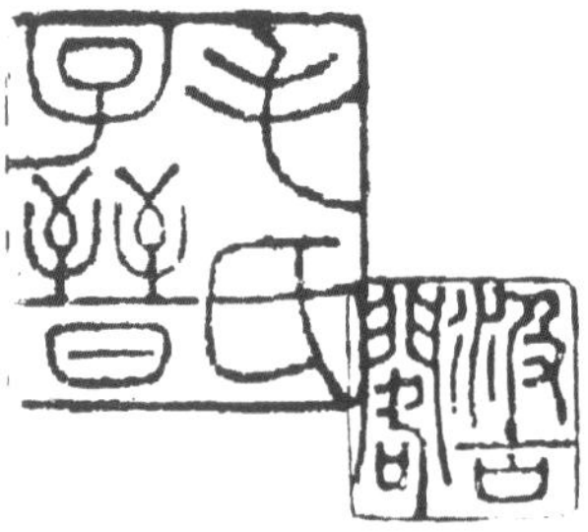

揆敘

清·康熙年間

納蘭揆敘（1674—1717），滿洲正黃旗人，爲康熙時大學士納蘭明珠次子，納蘭性德之弟。曾任掌院學士，兼禮部侍郎，後任都察院左都御史。家有「謙牧堂」藏書，收藏宋元刊本數十種，藏書有數萬卷，他與納蘭性德均有藏書之癖好。

吳榮光

清·道光年間

吳榮光（1773—1843）字殿垣，一字伯榮，廣東南海人。爲清代詩人、書法家、藏書家。嘉慶四年進士，道光年間出任湖南巡撫兼湖廣總督。性好詩書，善工書畫金石、精研碑帖拓本，也是著名的鑑藏家和金石家。

潘德畬

清・道光年間

潘仕成（1804—1873），字德畬，祖籍福建，世居廣州。他繼承家業經營鹽務，以至洋務，成爲廣州十三行的紅頂商人，同時也是廣州著名園林海山仙館的主人。潘仕成是博古通今的收藏家，海山仙館收藏了大量古玩文物以及善本，曾編纂《海山仙館叢書》。

葉潤臣

清・道光、咸豐年間

葉名澧（1811—1859），字潤臣，號翰源，湖北漢陽人。道光十七年舉人，歷任內閣中書、同文館、內閣侍讀、浙江候補道員等職。葉氏博學好古，喜歡遨遊山水間，而且每到一處皆有詩作。藏書頗豐，家有敦宿好齋、寶雲齋，藏書印有「葉氏敦宿好齋藏書」、「潤臣借讀」等多枚。

蔣祖詒

民國年間

蔣祖詒（1902—1973），字谷孫，號顯堂，浙江南潯人。其父蔣汝藻經商致富，雅好藏書，書齋「密韻樓」，珍藏許多善本古籍。蔣祖詒自小受到薰陶，曾師從王國維專研古籍，家道中落後，以鑑別碑帖書畫版本謀生，並承襲其父「密韻樓」藏書印。晚年任教於臺灣大學。

鄧振瀛

清・光緒年間

鄧振瀛（1883—1958），字詩龕，湖北江陵沙市人。青年時期留學日本，光緒年間學成歸國，清政府授予養蠶科舉人。辛亥革命後，任職國民政府農業部，後任中國銀行、農民銀行合眾蠶桑改良會監事、江蘇省教育廳長、南京文史館館員等職。

袁思亮

清・光緒、宣統年間

袁思亮（1879—1939），字伯夔，湖南湘潭人。民國藏書家、學者。民國初年曾任北洋政府國務院秘書、印鑄局局長等職。袁世凱復辟，即棄官歸隱上海，終身不復出。以著述、購書爲樂事，所藏宋元古籍珍本甚多。

潘宗周

民國年間

潘宗周（1867—1939），字明訓，廣東南海人，爲近代著名藏書家。年少時任職洋行，在上海經商致富，民國初年任上海工部局總辦。愛好藏書，尤喜宋元古籍，收藏有一〇七部宋版書、六部元版書，均爲精品。藏書室名爲寶禮堂，輯有《寶禮堂宋本書錄》。

張澤珩

民國年間

張澤珩（1914—1963），又名張珩，字蔥玉，浙江南潯人。張家曾是中國首富、世代收藏之家。張珩家學淵源，聰穎過人，練就了精準敏銳的目光，在書畫鑑定方面造詣頗深，可惜繼承家業後因嗜賭幾乎敗光了祖產。一九五〇年出任中國國家文物局文物處副處長，著有《怎樣鑑定書畫》等書。

註東坡先生詩
精選集

THE SCORCHED
EDITION OF

THE ANNOTATED DONGPO'S POETRY

作　　者　蘇軾等作
審　　訂　俞小明
責任編輯　李濰美
美術設計　林育鋒
英　　譯　王海康、王麗明
校　　對　李昧、趙曼如、俞小明

出版　大塊文化出版股份有限公司
WWW.LOCUSPUBLISHING.COM
台北市10550南京東路四段25號11樓
讀者服務專線：0800-006689
TEL：(02) 87123898　FAX：(02)87123897
郵撥帳號：18955675
戶名：大塊文化出版股份有限公司
法律顧問：董安丹律師、顧慕堯律師

總經銷　大和書報圖書股份有限公司
地址：新北市新莊區五工五路2號
TEL：(02) 89902588　FAX：(02) 22901658

初版一刷：2018年11月
定價：新台幣800元

國家圖書館授權出版
ISBN：978-986-213-932-5

註東坡先生詩精選集/ 蘇軾等作；
——初版．——臺北市：大塊文化, 2018.11
面；公分．——(經典．藝讀；5)
ISBN 978－986－213－932－5(平裝)
851.4516　107017349